伊勢集の風景

山下道代

臨川選書 24

伊勢集の風景　目次

はじめに

伊勢について

伊勢は、平安時代の前期、『古今集』から『後撰集』前へかけての時期に、すぐれた歌業を残す歌よみである。

まずその人について、およその閲歴と人物像を見ておこう。

伊勢は、従五位下大和守藤原継蔭を父として、清和朝の末ごろに生まれた。継蔭は藤原氏北家の出ながらその傍流、地方官コースにいる中級貴族であった。母については、わからない。生まれた年次もたしかにはわからないが、いろいろの状況を見比べて、貞観十七年（八七五）を下限とする清和朝末期であろうと、私は考えている。平安建都から八十年ばかり経ったころである。

継蔭のこの娘は、やがて宇多天皇の后藤原温子の許に女房として出仕する。温子は太政大臣基経の娘。宇多朝初期のいわゆる阿衡《あこう》の紛議のあと、仁和四年（八八八）に、基経と天皇の和解の形として、いわば政治的に宇多後宮へ入れられた。伊勢の出仕時期は、この温子の入内よりそう大きくは遅れていないはずである。年齢は十代の半ば、あるじの温子よりはいくらか年下であったろう。十代半ばというこの年齢は、今日の感覚からすれば稚すぎるように見えるかもしれないが、当時にあっては、さほど例外的な早さというわけではない。

この若い女房は、宮仕え先で「伊勢」と呼ばれた。そのとき父継蔭が伊勢守の任にあったからである。伊勢は生涯を宮仕え女房だけで通した人ではないのだが、出仕時に得たこの女房名がその後も通り名となり、後代へかけてもそのまま「伊勢」と呼ばれている。本名は伝わっていない。

伊勢が温子の女房として宇多朝の内裏で過した期間は、およそ十年である。この宮仕えの初期に、伊勢はまことに拙い恋をした。

相手は温子の異母弟仲平。どちらもまだ十代の稚い恋人たちであった。熱心に言い寄られて親しくはなったものの、男はやがて大将家の婿となって絶えがちになり、その噂だけがかくれもなく宮仕え先に拡がった。どうやら伊勢は、宮仕え社会での身の処し方などなにひとつわからないうちに、スキャンダルの当事者となってしまったもののようである。まだ世馴れぬ少女にとってそれは、追いつめられて身を煎られるような窮地であった。もうここにはいられない、と思いつめた伊勢は、宮仕えをうちすてて父の任地大和へとのがれ下った。極めて短い期間の恋ながら、これは伊勢にとって痛烈に苦い経験であった。

ただ、伊勢の伊勢らしいところは、この痛烈に苦い経験の中から、ひたぶるな自己解析のわざを学びとったことだ。大和滞在のあいだ、伊勢はけんめいにわが心を見つめつづけ、やがてそこから歌という自己克服の道を探り出だす。痛苦にまみれるわが姿を凝視し、それを歌という詩型に托して表出するということ。この時期の伊勢の歌は、『伊勢集』だけでなく『古今集』の中でも見ることができるが、苦しみの中で一途におのれを吟味しつづけ、その跡を歌へと昇華させてゆく必死の姿は、とても十代の少女のものとは思えないほど意志的である。

伊勢の生涯において、仲平という男の存在はなにほどの重みを持つものでもない。しかしこの男との恋による苦いつまずきは、結果として伊勢をすぐれて内省的な歌よみに鍛え上げた。その後の伊勢の歌や伊勢の事跡から、私はしばしば意志的な自己省察と強靱な自己統御とを感知するものである。それはもちろん、伊勢自身に備わっていた本来の資質なのであろうが、その資質が鋭く研ぎ上げられる最初の機縁となったものは、この仲平という男との拙い恋であった。

寛平九年（八九七）、宇多天皇はまだ壮齢にして退位し、これに伴って中宮温子は内裏を去ることになる。伊勢も温子に従った。実はこれと前後すると思われる時期に、伊勢は宇多天皇の男児を生んでいる。つまりこのころ、伊勢は宇多天皇の召人《めしうど》であった。『伊勢集』には、この時期の寵愛のさまの窺われる歌が、いくつか散見される。ただし宇多天皇との関係は、つまるところ召人のレベルを出るものではなく、その期間も宇多帝出家のころには終っているようで、さほど長期にわたるものでもなかった。所生の男児は、父継蔭らによって大切にかしずき育てられたが、数歳にして夭折したという。

この時期の伊勢を歌よみとして見れば、仲平との恋のころにはじまった作歌活動は、次第に宮廷関係の歌合や屏風歌などの晴の場へと拡がってゆく。宇多朝末ごろの伊勢は、歌をよくする女房として宮廷社会に知られる存在であった。たとえば宇多天皇退位により内裏を去ることになったとき、伊勢が内裏への惜別歌を詠み天皇がこれに唱和したというできごとは、『大和物語』の最初にも語られていて、よく知られる挿話である。また醍醐朝前期に成立した『古今集』では、伊勢は小野小町を抜いて女性最多の入集者となっている。これもまたこの時期における、歌よみ伊勢に対する評価の端的なあらわれであろう。

このように、二十歳前後から三十代はじめへかけて、伊勢は宮仕えの場で盛んな作歌活動を見せる。もとよりそれは、伊勢自身にあるすぐれた才質の発現であったわけだが、同時にまた、后付き女房という立場、殊に宇多天皇とのかかわりの深さが、その才質の開花に充分な機会を与えたという側面もあることを、見のがすことはできない。醍醐朝に入ってもかなり後年に到るまで、伊勢の作歌活動は宇多上皇圏内にある。召人としての期間はさほどに長いものではなかったようだが、上皇はその後も、歌よみとしての伊勢には変らぬ庇護を与えつづけている。

内裏を去ってからの伊勢は、なお温子に仕えて朱雀院・亭子院と移り住む。延喜七年（九〇七)、温子は亭子院において三十六歳の生涯を終えるが、内裏時代に比して亭子院のころの温子身辺には、やはりさびしい雰囲気がある。そして伊勢は、この晩年の温子を支える古参の女房であった。

伊勢と温子のあいだには、二十年近くにわたって共有された歳月がある。『伊勢集』で見れば、宇多退位のときも、その二年後の宇多出家のときも、温子と伊勢はまるで手を取り合うようにして嘆きを頒ち合っている。年齢もあまり大きくは隔たらぬあるじと侍女。長年にわたって培われてきた両者親昵の絆には、肉親の情をも超えるほどのものがあったようである。温子の死にあたって伊勢は、切々哀傷の長歌二篇を詠んだ。そのひとつは『古今集』に収載されているが、そこでは、あるじを喪ったわが身が、乗るべき舟を流した舟人にたとえられ、言えども語れども慰まぬ思いが、綿々と綴られている。

十代の半ばごろから三十代のはじめまで。温子に仕えたその期間は、伊勢にとって前半生のほとんどすべてであったと言ってよい。伊勢はこの宮仕え生活を通して人と成り、世を知り、かつ歌よみとして名を成していった。伊勢の生涯にあって、温子の許でのこの宮仕え時代の持つ意義は、まことに大きい。それは、にんげんとしての伊勢を育てた温床であり、歌よみとしての伊勢を支えた足場でもあった。この人の後半生における活動は、ここで培われた人生基盤の上に築かれてゆくのである。

温子との死別のとき三十歳をすこし過ぎていたと思われる伊勢には、このあとなお三十年を越える後半生がある。後半生に入ってからの伊勢の足跡は、前半生のそれほど具体的には辿りにくいのだが、ただはっきりしているのは、敦慶親王との関係である。

敦慶親王は宇多天皇の第四皇子、醍醐天皇の同母弟、伊勢よりは十数歳年下の人である。中宮温子の生んだただ一人の皇女均子内親王は、温子が亭子院へ移ったころに、異母兄にあたる敦慶親王に配偶されたようだが、その婚姻期間は短く、延喜十年（九一〇）に二十一歳の若さで亡くなった。母温子の死から三年後のことである。伊勢と敦慶親王のかかわりの機縁は、今日からはまったく知られないが、ただ伊勢は、均子内親王の死から数年経たころに、敦慶親王とのあいだに一女児を生んでいる。伊勢四十歳ぐらいのころのこと、そしてこの女児が、のちに村上朝における高名の歌よみとなる中務である。中務というその通称は、父敦慶親王が中務卿であったところから来ている。

伊勢と敦慶親王の関係は、公然と認知された配偶であったとは考えにくい。けれどもまた、かりそめの召人というようなことでもなかったようで、そのかかわりは敦慶親王の死のときまで二十年近くも持続している。年齢差十数歳、しかも親王は、宮廷社会では「玉光宮《たまひかるみや》」と呼ばれ、美貌をもって知られる恋多き宮であった。この皇子との間柄がどのようなものであったか、それを窺い知るすべはないが、ただこの親王とかかわりのあったころの伊勢には、かつての仲平との恋のときとも違い、また宇多天皇の召人であったころとも違う、ある種の落着いた雰囲気が備わっていることはたしかである。両者のあいだには琴に関して師弟関係があったとの伝えがあり、事実『伊勢集』には、琴をめぐって双方の親しさのよく窺われるような歌のやりとりも残っている。延長八年（九三〇）親王が薨じたとき、伊勢はのちのわざにも直接関与しており、また親王の忌明けには悲しみ尽きやらぬ歌も詠んでいて、そこにあった関係がかりそめならず深いものであったことをしのばせる。

敦慶親王の死の翌年、その父宇多上皇も仁和寺において崩じた。このとき伊勢は、もう五十代半ばを過ぎていたか。さきに温子、ここに来て敦慶親王・宇多上皇と、伊勢の生涯に深いかかわりを持った人々は、みな伊勢に先立って世を去っていった。

しかし専門歌人としての伊勢の活動は、むしろ五十代以降のこの晩年期において盛んである。依頼を受けて詠んだという屏風歌は、かえってこの時期に多く残っており、しかもその依頼者は、朱雀天皇関係、陽成院関係、摂関家の人々などと、以前よりはるかにその範囲が広い。晩年期の伊勢は、広く世の許されを得た歌よみであった。敦慶親王・宇多上皇が世を去ったのち、伊勢にはなお十年近い余生があったようだが、そこでもやはり屛風歌は詠まれつづけている。伊勢は最晩年まで、歌よみとしてこの世を生き通した。

伊勢の歿年はわからないが、おそらく朱雀朝天慶年間前半のどこかであろう。享年は六十数歳であったと思われる。

それにしても、伊勢の生涯の起伏はまことに大きい。たとえば、若い日には宇多天皇の子を生み、人生の半ばを過ぎてから宇多天皇皇子敦慶親王の子を生んだ。もちろんこうしたことは、現代の倫理意識だけでもってあげつらってはならないことだが、それでも千年のむかしにあっても、そんなにためし多きことではなかったはずである。敢えて言えば、それはひとつのスキャンダルでさえあったはず。なのに伊勢にあっては、これがいささかもスキャンダラスな色合いを帯びることなく伝わっているのがふしぎである。敦慶親王との関係には状況のわからない部分が多いので徒らな憶測は慎みたいが、ただひとつ言っておきたいのは、後半生の伊勢、殊に晩年期の伊勢には、醜聞をさえ醜聞とさせないような、なんらかの社会的地位と、にんげんとしての存在感が備わっていたように見受けられる、ということである。むかし仲平との恋では、噂にまみれて傷つきはてた伊勢であったが、後半生の伊勢には、噂や醜聞の方がその人を避けてゆくような、そんなところがあったように感じられる。

まことに名を得ていみじく心にくくあらまほしきためしは、伊勢の御息所ばかりの人は、
いかでかむかしも今も侍らむ。

と言ったのは、後代『無名草子』の作者であった。最大級の讃辞である。生前の伊勢は、決して「御息所」と呼ばれるような立場にいた人ではないが、ただ、のちの世にこれほどの称讃を受けることになるなんらかの根拠は、晩年の伊勢の身辺にはたしかに備わっていたのだ、と私は考えている。

宮仕え女房の晩年といえば、たとえば『後撰集』などには、他国にはふれて暮らすとか、世に忘られて山里に住むとかの例が見られる。事実そのようなことは、世に稀ではなかったであろう。しかし伊勢の晩年には、その種の零落の影は微塵もない。『伊勢集』に残る歌から見えてくるのは、次世代の高位貴族と門を並べて住み、垣越しに散りくる花をめぐって歌をやりとりする老婦人、またやはり息子ぐらいの若い貴族に頼まれて、重陽《ちょうよう》の日の菊の着せ綿を作ってやる老婦人である。さらに摂関家の子息の山荘に娘中務を伴って訪れ、その庭園の滝の趣向に興じた歌を詠むような、そんな老婦人なのである。

これはあきらかに、歌よみとして名を得た人の老後自適の姿だ。この自適を支えたであろう身辺状況は、具体的には知るすべがないが、ただそれが、決して平坦な道のりの末にあった場所で

はなく、さまざまな起伏を越えたところにあったものであることだけはたしかだ。伊勢の生涯には、最後のこの時期まで、おのれを保って崩れない意志が、ひとすじ貫き通っているように思われる。

『伊勢集』について

『伊勢集』は、歌よみ伊勢の歌を集めた歌集である。総歌数約五百首。この時代の人の集としては、『貫之集』に次ぎ『躬恒集』を超える規模の大歌集だ。

現在、歌よみとしての伊勢は、遺憾ながら広く世に知られた存在というわけにはいかない。しかし千年のむかし、在世時および歿後まもないころの伊勢は、群を抜いて著名な、またそれだけの実績のある歌よみであった。この人の歌業が五百首もの集となって残っていることは、別にふしぎなことではない。

ただし現存する『伊勢集』は、伊勢自身が編み残した集ではない。この集については、故関根慶子先生にすぐれて先導的な研究（『中古私家集の研究』の中の「伊勢集の研究」昭和四十二年・風間書房）がある。それに導かれながら考えるとき、『伊勢集』は、伊勢の遺した歌稿をもとにして、伊勢の死からあまり大きくは下らぬ時期に、おそらく伊勢血縁のたれかの許で原型がまとめられた集であろう、と私は見ている。

『伊勢集』には、現在三十本近い伝本のあることが知られており、それらは、西本願寺本系統・

群書類従本系統・歌仙家集本系統と三系統に整理できる。三系統間には細部ではいろいろの違いも見られるが、集としての骨格そのものに根底的な違いはなく、もとは同一の祖本から分れ出たものであろうと見られている。本書では、歌の引用などは特に断らないかぎり、西本願寺本に拠りたい。

この時代の人の多くの家集がそうであるように、『伊勢集』もまた、首尾一貫した編集意識でもって編まれた集ではない。しかしまた、ただ無作為に伊勢の歌を寄せ集めただけというのでもなくて、そこにはいくつかの部分的な歌のまとまりがあり、中にはあきらかに編者の意図の見てとれる歌群もある。

その意図のもっとも際立っているのは、集の冒頭部分三十数首である。ここの歌はみな、一見してわかるのだが、詞書が非常に長い。叙述が物語化しているからである。出自から書き起こされてそこで語られるのは、いくらか美化された伊勢の前半生。たとえば宮仕え先で起ったある貴公子との苦い恋の顛末、その後いろいろの男たちに言い寄られながら見向きもしなかったという、いくつかの例、やがて帝の寵を受けて男御子を生み、それが五歳ばかりで亡くなったという話、さらには宮仕え先におけるあるじの后宮との心の通い合いのかずかず、そしてその后宮との死別など。

この部分の詞書は、歌の作者すなわち伊勢と思われるヒロインを、「をんな」という不特定の三人称で呼んでいる。つまり作り物語的にそれを語ろうという姿勢である。しかもその筆致はしきりに事を訴えたがっていて、通常の歌集の詞書の乾いた文体とはあきらかにその表情が異なる。『伊勢集』の編者はここのところで、伊勢という歌よみの前半生を、その人の歌に即しながら、ひとつの物語として語りたかったもののようである。

『伊勢集』冒頭部分のこの際立った物語化傾向にいち早く注目したのは、江戸時代の伴信友であった。かれはこの三十数首の部分だけを特に「伊勢日記」と呼び、登場人物の考証なども試みた。近代以降ここの部分は、どちらかと言えば伊勢の伝記資料として読まれたようなところがある。一時期までの伊勢の伝記は、たいていが『伊勢集』のここのところに拠って書かれてきた。たしかに伊勢は、拠るべき伝記資料の他にほとんどない人だから、『伊勢集』のここのところが、伊勢の事跡を知るための貴重な手がかりであることは疑いない。

とは言え『伊勢集』のここのところは、事を必ずしも年代順や時間的継起の順に述べてはいない。また時に朧化もあればあきらかな仮構もある。つまり編者は、ここで伊勢の前半生を歌物語として語っているのであって、決して伊勢の生きた跡を忠実に記録しようとしているのではない。たとえばそこここに見られるヒロインの美化傾向も、おそらく血縁の人の手によって書かれた物語という、その筆の性格に由来するものだろうと、私は考えている。これは実録ではない。物語なのだ。それにこの物語が語るのは伊勢の前半生のみであって、実際の伊勢はこの物語の終るところから先をなお三十余年生きている。伊勢の生涯を言おうとするとき、『伊勢集』のここの部分だけに頼っていたのでは、その全体像は見えてこない。なによりも、これだけに頼って伊勢の一生を言おうというのは、安易すぎるわざである。そう考えた私の伊勢探索の跡が、『王朝歌人　伊勢』（一九九〇年・筑摩書房）であった。

話を『伊勢集』の内容のことにもどそう。『伊勢集』には、右に述べた冒頭三十数首のほかにも、はっきりとしたまとまりを見せる歌群がなお存在する。

すなわち、この冒頭の物語化したところにつづいては、伊勢の詠んだ屏風歌だけが五十首あまり、それも詠まれた年代順にきれいに並んでいる。どのような折の屏風歌かという説明も、一首ごとの題も、きちんと付されていて、これまた非常によく整理された歌群である。編者はここのところに、専門歌人としての伊勢の主要な業績を、ひとまとめにして置いたのだ。

またこれらとは別に『伊勢集』の巻末近くには、伊勢の作とは認められない歌が六十数首、ひとまとまりのブロックを作っているところがある。ここの歌には、一首として詞書の付されたものがなく、ただ歌のみが機械的に並んでいる。この歌群には恋歌が多く、歌枕を詠んだ歌が多く、技法的には序詞を用いた歌が多く、詠風は総じて古様である。以前はこの部分も伊勢の作と見られていたが、これを伊勢とは無関係の混入歌群だと指摘されたのは、故関根慶子先生であった。おそらくこの歌群は、もとはなにびとかの作歌参考資料的手控えであったものが、なにかの都合でここに混入し、そのまま『伊勢集』の一部ということになってしまって、現在に到っているのだと考えられる。

さらにこの混入歌群につづく巻末の四十首ばかり、これは原『伊勢集』成立の後に増補された部分である。内容にまとまりはないが、そこには温子死去の際に詠まれた長歌や、伊勢の作としては重要な歌も収められており、いかにも落ちたるを拾い増補した、という感じがある。

このように『伊勢集』には、巻頭に物語化した歌群と屏風歌の歌群があって、はっきりとした編集意図が認められる一方、巻末にはよそからの混入歌群とのちに増補された歌群があって、ここにはいわば付録のような表情がある。しかしこれだけが『伊勢集』のすべてではない。この両者に前後をはさまれた中央部分、そこになお約三百首の歌がある。三百首とは、『伊勢集』全体の五分の三にあたる分量だ。この大量の歌たち。それは格別なんのまとまりもない雑多な歌の連なりである。ここを雑纂部分と呼んでおこう。

よく見ればこの雑纂部分にも、はじめの方には屏風歌や歌合歌あるいは宮廷関係の場で詠まれた歌が二十首ほど寄せられていて、若干整理されかけたらしい跡が認められる。しかしそのあとは、もはやまったくの順不同。年次的排列があるでもなく、部立のような分類が見られるでもなく、文字どおり雑多な歌が無秩序に並んでいるばかりだ。

『伊勢集』という歌集の大半は、このように雑然とした歌の集まりである。そしてこのありさまは、実は『伊勢集』がその原資料段階の状態をそのままとどめている姿だと思われる。すなわち『伊勢集』の原資料は、もとはこのように雑然とした歌の集積としてあった。巻頭の物語化部分やこれにつづく屏風歌部分は、その原資料から選別された歌によって編集されたものであったはずである。ただ『伊勢集』編者の編集エネルギーは、伊勢の前半生を物語化することおよび主要な屏風歌を編年的に整理することだけで尽きてしまい、あとは手がつけられぬまま放置された。その結果が、これだけ大量の雑纂部分となって残っているのであろう。

言いそえておけば、このような雑纂形式は、この時代の人の家集においては普通のこと、『伊勢集』のここだけが別して乱雑なのではない。明確になにかの意図をもって編まれた集でもないかぎり、このころの人の家集はおおかたがこの形だ。殊に作者自身が関与しない他撰の集にあっては、より雑纂的になりがちであろうことは、考えてみれば理の当然である。それにこのころの人の集は、歌数の少ない小規模歌集がほとんどだから、その雑纂ぶりもあまり目立たないのだが、『伊勢集』はこの部分だけをとっても三百首にのぼり、いきおいその雑纂ぶりが目立つことになる。

『伊勢集』のこの雑纂部分にあるのは、そのほとんどが私的な日常の場の歌である。親しい人との楽しそうなやりとりもあれば、暗く孤独な述懐歌もある。旅先での歌もあれば、物語を読んで詠んだという歌もある。送別の歌、礼を言う歌、慰める歌、訴える歌。言えばきりもないことながら、そうした日常のさまざまな局面で詠まれた歌が、次から次へと並んでいる。詠まれた時期もわからず、背後事情もよくわからない歌が大部分だ。

ただそれらはみな、伊勢が生き経たこの世での生活の具体的な痕跡である。歌という小詩型は、多くの場合状況を断面としてしかとらえられないが、その代りにそこにある現場の跡は確実に彫り残す。すなわちここに無秩序に溜めこまれた三百の歌は、そのひとつひとつが、まぎれもなく伊勢という人物がそこにいた足跡なのである。


このような『伊勢集』を眺めながら、時として私は連想することがある。長年にわたって多量の写真を収蔵してきたひとつの大きな箱を。開けてみれば上の方には、きちんと整理のついたアルバムが二冊ある。だがその下は手つかずのままのスナップ写真の山。順序もなく溜めこまれておびただしいが、いまはもうこのまま動かすわけにいかないひとまとまりである。大事なことは、アルバムの中でも溜めこまれた山の中でも、そこにある写真にはどの一枚にも必ず伊勢が写っている、ということだ。

しかもなおその箱の底の方には、どこからかまぎれこんできたものらしい簡易アルバムの一束がある。これは伊勢の写真ではないのだけれども、以前からこうしてここにあるものだから、いまではこれも箱の中味のうちとしなければならない。さらにもうひとつ箱のいちばん底には、あとで見つかったらしい伊勢の写真が追加されてしまわれている。意外に大事な一枚がそこにあったりして、伊勢ほどのモデルになると、散逸していた貴重な写真があとで見つかるということもあるのだ。

言ってみれば、こうしたものの総体が、いま私たちの前にある『伊勢集』である。

ここでの私の作業は、『伊勢集』の個々の歌の解釈をめざすものではない。歌を通して伊勢の伝を再構築しようとするものでもない。ただ『伊勢集』にある歌を、いわば一首ごとの風景として眺めてみたい。たとえばあの写真の箱から任意に取り出した一葉ずつを、すこし眼から離して眺めるような、そんな試みをしてみたい。

すこし眼から離すのは、アップされた伊勢の表情ばかりに視線を固定しないためである。風景として見るのだから、背景も遠景も視野のうち。写そうとして写したものだけでなく、たまたま写ってしまったものにも眼を向けよう。そこでは、伊勢個人の生活の断片だけでなく、当時の風俗習慣のいろいろや、社会的な事件の一端や、意外な人物の片影などまで見られて、『伊勢集』が収める風景は思いのほか多岐にわたっている。伊勢が生き経た場の多様さを、いっしょに眺めていただくことができればしあわせである。

登場人物たちの周辺

ねずみもち

『伊勢集』は、冒頭三十首ばかりのところで、作り物語風に伊勢の前半生を語っており、そこでまず語られるのが、仲平という男との恋である。いや、物語化された叙述の中で男の実名は明かされていないのだが、それが仲平であるということは、『伊勢集』成立の当時から周知の事実であった。

仲平は関白太政大臣基経の二男。伊勢が仕えた七条后温子の異母弟にあたる。温子が宇多天皇後宮に女御として入内したのは、仁和四年(八八八)十月、十七歳のときであった。温子入内の翌々年、仲平は殿上において元服する。十六歳。正五位下に叙せられ、祝宴は温子の曹司雅院に設けられた。時の関白の子息として、まことに恵まれた出発であった。

伊勢・仲平間に恋が生じたのは、仲平元服後まもなくのことと思われる。后妃の近親者とその后妃に仕える女房とのあいだに恋の生ずることは、そのころ珍しいことではない。ただこのとき、伊勢も仲平もまだ十代の稚さ。それにたぶん、どちらにとってもはじめての恋であった。

熱心に言い寄られて、伊勢はこの男を許したが、男は一方で大将家(伝本によっては大臣家)

に婿取られた。元服した関白家の子息に然るべき家の娘との婚姻がとりはからわれるのは当然のことであって、それは宮仕え先での恋などとは別次元の話である。しかしこのとき男も女もあまりに稚く、世の正式の婚姻と宮仕え先の恋とをどう折り合わせればよいのか、わからなかった。

男はさしあたり新しい結婚への対応に忙しく、結果として女は放置された。しかも宮仕え先での恋。そのいきさつは隠れなく周囲に知られてしまう。気がついてみれば女は、まったく無防備無防禦の状態で衆目にさらされていた。はずかしく、くちおしく、もう宮仕え先にはいられない、とまで女が思いつめたのも無理はない。

傷心の女が五条の親の家に里下りしていると、久しく絶えていた仲平がやってくる。『伊勢集』の第一番に出てくる歌は、そのとき仲平の詠んだ歌である。

　　人住まず荒れたる宿を来てみればいまぞ木の葉は錦織りける

わたしが通わなくなってすっかりさびれはてたこの家、しかし久しぶりに来てみると、まことに美しく木々が紅葉していますね、というあいさつだ。仲平はこの歌を「垣の紅葉」につけて女へ贈った。

これを受け取って、女の気持は沈みこんだ。仲平としては、歌の主意は下句にあって、女の家の紅葉の見事さをほめたつもりなのだろう。しかしこの上句の「人住まず荒れたる宿」というあいさつは、男に絶えられたつらさの中にいる女にとっては、改めて傷をえぐられるようなことばであったはずだ。しかもそれを、「住まず」なっていた当の本人がそう言うのである。さらにこの歌は、紅葉の枝につけられていた。これも仲平のつもりでは、女の家の紅葉の美しさに感じ入って一枝折りとった、ということであったかもしれない。しかし当時恋の場では、紅葉はあまりよろこばれる贈り物ではない。それは、秋（飽き）になって色変る（心変る）ことを連想させるものであったから。

仲平に悪意がなかったことはたしかだ。しかしこの場でのこのふるまいは、あまりに心配りがなさすぎる。どうも仲平という人は、万事この調子で行き届かぬところのあった人のようである。『大和物語』や『大鏡』で見ればこの人は、おとなになってからも、やはりそんな感じであったようだ。

男のこんな鈍さ、無神経さが、女につらい思いをさせた。それでも絶えはてたと思っていた男が訪ねてきてくれたことは、うれしかった。そこのところを『伊勢集』は、

をんないとこころ憂きものから、あはれにおぼえければ、

と語っている。女は歌を返した。

涙さへしぐれに添へてふるさとは紅葉のいろも濃さぞまさされる

これが『伊勢集』第二番目の歌、伊勢自身の歌としては最初に出てくる歌である。この家ではしぐれのみか涙までも降り添い、それゆえこのように、紅葉の色も濃くなるのです、と言っている。切なく、つらい歌だ。伊勢はこの歌を、「ねずみもち」の枝につけて返した。

さて、このとき伊勢が歌をつけた「ねずみもち」というのは、どんな木であったろうか。

現在ネズミモチと呼ばれている木は、ごくありふれた木で、人家の生垣や小公園の植栽などに使われているから、都市の中でもよく見かける。もくせい科の常緑樹、初夏のころ枝先に白く細かい花がむらがり咲き、花には独特の芳香がある。晩秋初冬のころ小豆ほどの大きさの実が黒紫色に熟し、寒くなると小鳥がそれをついばみに来る。この実の形と色がねずみのふんに似ているからネズミモチというのだと、『牧野植物図鑑』にある。高さは二メートルぐらい、ともあるが、それよりもっと高く伸びたものも、しばしば見かける。

いつか、七月のはじめに大和へ行ったことがあった。新幹線の窓から見ていたら、おちこちに白い花が盛り上がるように咲いた樹があって、はじめは不審に思ったのだが、それがネズミモチなのだった。間近で見る花はたいへん細かいのに、それがぎっしりと梢にむらがり咲くと、遠目には意外に目立つのである。花の乏しいこの季節の照葉樹林の中で、その樹冠は華麗と言いたいほどに美しかった。このときは大和でも山城でも、行く先々で花ざかりのネズミモチを見た。山野に自生するネズミモチは、かなりな大樹になることがある。『伊勢集』のネズミモチは、あれなのだろうか。

現存最古の国語辞書『和名抄』は、『伊勢集』の祖本とほぼ同じころに編まれているが、江戸時代の学者狩谷棭斎がこれに註した『箋注倭名類聚抄』で見ると、

　梜　音臾、漢語抄云、弥須美毛知乃岐、鼠梓木也。

とある。「梜」という木が「弥須美毛知乃岐《ねずみもちのき》」だというのである。

現在のネズミモチは「女貞」と書かれることもあるのだが、『和名抄』では「梜」とは別に「女貞」という木があり、『箋注』で見れば、

　女貞　一名冬青、太豆乃岐。

とある。そのころ「女貞」という木は、「太豆乃岐《たづのき》」と呼ばれていたのである。つまり『和名抄』の中に別項として存在する「梜」と「女貞」は、明らかに別の木であったわけで、『和名抄』における「弥須美毛知乃岐」は、「梜」であって「女貞」ではない。

『和名抄』より半世紀ばかりのちの『枕草子』にもこの木は出てくる。すなわち「花の木ならぬは」の段に、

ねずもちの木、人なみなみになるべきにもあらねど、葉のいみじうこまかに小さきがをかしきなり。

とある。ここでは「ねずみもち」ではなく「ねずもち」と呼ばれているが、この二つは同じ木をさすと考えてよい。『伊勢集』でも西本願寺本では「ねずみもち」だが、群書類従本や歌仙家集本では「ねずもち」となっている。

ただ、『枕草子』に「葉のいみじうこまかに小さき」と書かれたその木の特徴は、現在のネズミモチのそれに合致しない。現在のネズミモチの葉はそんなに細かくもなく小さくもなく、椿の葉ほどの大きさだ。『枕草子』の「ねずもち」と現在のネズミモチとは、別の木のようである。

「葉のいみじうこまかに小さき」という特徴を手がかりにして考えると、『枕草子』の「ねずもち」は、現在イヌツゲと呼ばれている植物のように思われる。イヌツゲはもちのき科の常緑低木。これも庭園の植込みや生垣によく使われ、都心の大きなビルのアプローチ部分にきれいに植え揃えられているのを見ることもある。ホンツゲに対して一段劣る、という意味でイヌツゲと呼ばれるが、その葉はまさしく「いみじうこまかに小さ」く、葉先に丸みがあって可憐な感じだ。丈もそうむやみに高くはならない。このイヌツゲに「ねずみもち」「ねずもち」などの方言名があることは、上原敬二著『樹木大図説』（昭和三十六年・有明書房）に見え、同書は、『枕草子』

の言う「ねずもち」はこのイヌツゲだ、としている。

『枕草子』の「ねずもち」が現在のイヌツゲならば、『箋注』で「弥須美毛知乃岐」とされる『和名抄』の「桝」も現在のイヌツゲであろう。そして『和名抄』や『枕草子』の「ねずみもち」や「ねずもち」が現在のイヌツゲならば、『伊勢集』の言う「ねずみもち」もまたイヌツゲであろう。『伊勢集』『和名抄』『枕草子』は、さほど大きくは隔たらぬ時代に、都の貴族社会圏内で生み出された作品だ。それらの背後にあることばの習慣やものの呼称は、そう大きくは違わないはずである。

『枕草子』はこの「ねずもち」のことを、木としては並以下のものだが葉のいみじく細かに小さいところがいい、と言う。まことにそのとおり、木としてはさほど名が知られているわけでもなく、丈も低い矮性の植物なのだがそれでも、その小さく丸く粒の揃った葉には美しい艶さえあって、この木の枝になら恋の歌をつけることもふさわしかろう。

『伊勢集』の「ねずみもち」を現在のネズミモチと同じ木と考え、現在のネズミモチが「女貞」と書き表わされることもあるところから、伊勢が「ねずみもち」に歌をつけて贈ったのには貞節を誓う意味がある、とする説がある。しかし『伊勢集』の「ねずみもち」は「女貞」とは別の木なのだから、この解釈は成り立たない。それに「貞節」などという概念は、恋や夫婦関係が儒教倫理によってがんじがらめにされてからのものであって、十世紀のころの恋にはなじまない。伊勢がこのとき「ねずみもち」の枝に歌をつけたのは、仲平の歌が紅葉につけられていたことに対する「こころ憂さ」の表明であって、それ以上のことでもそれ以下のことでもない。ここで伊勢が「ねずみもち」の枝を選んだのは、それが「ねずみもち」だったからではなくて、それが色を変えぬ常緑樹だったからである。

なお、『伊勢集』歌仙家集本では、ここのところが「ねずもちの紅葉」となっている。しかし「ねずもち」（ねずみもち）は常緑樹であって紅葉することはない。和歌世界に常盤木の下葉の色づいたさまを詠んだ作が皆無というわけではないが、それはあくまで意図的例外的な場合だ。ここは、伊勢の歌が「紅葉のいろも濃さぞまされる」と詠まれているのにひきずられて、転写の間に生じた錯誤であろう。だいいち、紅葉につけた男の歌を受け取って「こころ憂き」思いをしたはずの女が、みずからもまた紅葉につけて歌を返すというのは、話の整合性からしてもおかしい。『伊勢集』冒頭物語化部分の作者としては、ここはどうしても、常緑樹に歌をつけさせなければならなかったところである。

奈良坂

仲平は大将家の婿になり、伊勢とのあいだは絶えがちになった。稀に思い出したようにやって来て、「垣の紅葉」につけて歌を詠んだりしたが、伊勢はこの恋にもう先のないことをさとり、ひとりもがき苦しんだ末に、父のいる大和へのがれようとする。そのとき伊勢の父継蔭は、大和守として任地にあった。継蔭の大和守任官は寛平三年（八九一）正月で、当時の地方官の任期は通常四年間であったから、伊勢の大和下りは、寛平三年から六年までの期間内と考えられる。いまから千百年ばかりむかし、季節は冬であった。

伊勢の大和下りを知って仲平はおどろいた。仲平には、伊勢がなぜ大和へなど行くのかがわからない。あわてた仲平は、使を走らせて伊勢のあとを追わせた。使に持たせたのは、こんな歌である。

世をうみのあわと浮きたる身にしあれば恨むることぞかずなかりける

これはまことにつらいことです、お恨みしますよ、と言っている。後代の第三者から見れば逆恨みとも見える歌だが、これはかけひきなしに仲平の本心であったろう。仲平には伊勢の苦しみがわかっていない。伊勢の置かれた立場が、まるで見えていない。自分が相手になにを与えたのであったかの、自覚がない。くいちがいつづけた恋だったのだ。

伊勢は、歌だけを返す。

わたつうみと頼めしことのあせぬればわれぞわが身のうらは恨むる

いまはただ、わが身のおろかさを恨むばかりです、と。伊勢はあとをふり返らない。心に血を噴くような思いはあるけれども、ものごとの筋の整理はついていた。そして『伊勢集』によれば、このとき仲平の使が伊勢に追いついたのが、奈良坂であったという。

山城と大和の境には、標高百メートルばかりの低い丘陵が東西に走っている。佐保・佐紀丘陵。これがいわゆる奈良山（平城《なら》山）であり、ここを越える道が奈良坂であった。

近鉄奈良線で奈良へ向かうとき、西大寺駅を過ぎたあたりの左手一帯に、いまは広大な区域が旧平城京域として整備されている。この平城京域の北に接しては、ウワナベ・コナベ古墳をはじめとして、あまたの古墳が折り重なるようにして連なる。さらにその北側をこれらの古墳群を抱えるようにして東西に走るのが佐保・佐紀丘陵、すなわち奈良山だ。

都が大和にあったころ、奈良山は、北へ行く旅人がかならず越えなければならぬ山であった。

ここを越えると、旅人の視界からはもう大和の国が見えなくなる。これより北は木津川へ向かって道は下るばかり。奈良山越しに大和を見返ることのできる峠は、もうないのだ。それゆえ旅人は、この奈良山に立って大和に別れを告げた。近江国へ下る額田王がふるさと三輪の方を眺めやり、なぜあの雲は三輪山を隠すのかと悲しみの歌を詠んだのは、この奈良山でのことであった。

平安時代、つまり都が山城へ移ってからは、大和へ赴く官人や初瀬詣の女性たちが、こんどは北から南へとこの山を越えた。ただ、平安中期のこのあたりは、あまり治安がよくなかったらしい。『更級日記』を見ると作者の母が、

「初瀬詣なんてとんでもない。奈良坂で人につかまったらどうするのです。」

とこわがった、という話が記されている。のちに作者自身が初瀬詣したときも、奈良坂の近くで泊った宿はなんだかようすがおかしくて、どうもぬすびとの家であったらしい、などとも書かれている。

決して深い山ではなく、むしろ低く小さな丘にすぎないのだが、奈良山はたしかに大和・山城をかぎる山であり、奈良坂はまことにその国ざかいを越える坂であった。しかも『万葉集』以来文学の上では、それは単に地理的に国ざかいを越える坂であったのみならず、多分に心理的な意味で、そこを越えてゆく旅人にひとつの境界を越えると心にしみて思わせずにはおかない坂で

あった。おそらく伊勢も、きのうという日をふり切ってみずからをとりもどすためには、ここを越えて大和へ行くしかないのだと、いちずに思いつめていたのであろう。このとき伊勢は、二十歳にはまだしばらく間のある年齢であった。

そのころ奈良山を越える道は、すなわち奈良坂と呼ばれ得る坂は、二つあった、と私は長いあいだ思っていた。ひとつは平城京趾を北上して歌姫という里を通る道、いわゆる歌姫越である。もうひとつは奈良山の東端、いまの奈良市内を北へ出て般若寺町を通る道、すなわち般若寺坂である。たいていの地名辞典・歴史辞典のたぐいも、奈良坂といえばこの二つをあげている。奈良山を越える道としては、歌姫越の方が古かったらしい。

九世紀の末、伊勢が父の任地をさして越えたのは歌姫越であったろうと、私はなんとなくそう思ってきた。従って仲平の使が伊勢に追いついたという奈良坂も、歌姫越だろうと思っていた。ところが近年の研究によれば、平安遷都以前に、奈良山を越えるには四つのルートがあったという。右に述べた歌姫越と般若寺坂のほかに、現在近鉄京都線の走っている谷を通る道がひとつ。コナベ古墳の近くから現在の関西線の通る谷筋を行く道がひとつ。この四ルートを西から順に言えば、現在の近鉄京都線沿いの道、歌姫越、現関西線沿いの道、般若寺坂、ということになる。この四つの奈良山越えルートのことは、和田萃氏の諸論考によって教えられたのだが、氏によると、近鉄京都線沿いの道は下ツ道の延長ルートにあたり、関西線沿いの道は中ツ道の延長ルートにあたるという。

古代の大和盆地には、下ツ道・中ツ道・上ツ道という三条の道が、並行して南北に走っていた。中でも下ツ道の果した役割は重要だ。大和盆地のほぼ中央を縦貫するこの道は、北は山陰道につづき、南は紀伊路へ延びる主要幹線道路であった。盆地北端に平城京が建設されたとき、その朱雀大路は下ツ道の道幅を拡げるということで設定されている。

伊勢が大和下りした九世紀末、大和国府は現在の橿原市丈六台地に所在した。現近鉄橿原神宮駅の東側一帯である。つまりそのとき伊勢の父の赴任先はそこであり、伊勢はそこを目ざして旅立ったのであった。そしてその大和国府のあった丈六台地は、下ツ道をまっすぐに南下したところである。

当時、奈良山越えに四つのルートがあったとすれば、山城から大和へ入る旅人がどのコースをとって奈良山を越えるかは、その先大和のどこを目ざすかによって異なったであろう。私は歌姫越だけを奈良坂と思いこんでいたが、伊勢がこのとき越えたのは必ずしも歌姫越ではなかったかもしれない。もし伊勢が下ツ道経由で丈六台地へ向かったとすれば、下ツ道へ入りやすい現近鉄京都線沿いのコースをとった可能性もある。いやその確率の方が高いかもしれない。仲平の使が追いついたのは、そして伊勢がわが身を恨むばかりと歌を返したのは、今の近鉄京都線の通るあのコース、ほとんど坂らしい坂もないあのおだやかな谷筋であったのかもしれない。

補足しておけば、『伊勢集』には「伏見」というところで詠んだこんな一首がある。

名に立ちて伏見の里といふことは紅葉を床《とこ》にしけばなりけり

この「伏見」は、京都の伏見ではなくて大和国生駒郡の伏見。いまの西大寺の南方一帯であり、つまり下ツ道に沿うてその西側にあった里である。その伏見で、右のように地名に興じた歌を詠んでいるということは、そのとき伊勢が下ツ道を通ったということであろう。ただしこの「伏見」の歌を詠んだのが、いつの大和下りのときのことであったかは、わからない。もちろん、当面話題にしている仲平との恋の破局のときの旅であったなどと、速断するわけにはいかない。

また別に伊勢は、「山の辺」というところで、

草枕旅ゆく道の山べにも白雲ならぬ道やどりけり

とも詠んでいる。これは母の死後ひとりで初瀬に詣でたときの歌。ここに詠まれた「山の辺」は現在の天理市内の一地域だから、このときはおそらく上ツ道か山の辺の道を通ったのであろう。それはたしかに初瀬への道の途中にあたる。

このように『伊勢集』には幾度かの大和下りの痕跡が残されており、しかもそれらの旅は——考えてみれば当然のことだが——、行く先によって通った道が違っている。となると奈良山越えも、つねに同じコースをとったとは考えられない。仲平の使が追いついた「奈良坂」も、歌姫越だとばかり思いこむわけにはいかないのである。

清貫という人

むかしの人の歌を読むとき、その作者ばかりでなく、詞書に出てきたり歌に関係したりする人物についても、能うかぎり一次的な史料にあたってその身元や経歴を見る。これは作品を読むための基礎作業だ。ただそれは歌を読むための準備作業であって、決してそれ自体が目的となるものではない。なのにこの身上調査が意外におもしろくて、ついのめりこんでしまったりする。

五条の内侍のかみ御四十賀を、きよつらのみぶ卿のつかまつりたまふ屛風の絵に

『伊勢集』には、

という詞書のもとに、一連十二首の屛風歌がある。この詞書中に出てくる二人の人物、「五条の内侍のかみ」と「きよつらのみぶ卿」は、どちらも正史にその名の見える人だから、身元調べにさほどの困難はない。

まず「五条の内侍のかみ」。これは醍醐天皇の生母藤原胤子の妹にあたる人で、名を満子という。父は藤原高藤、母は宇治郡大領宮道弥益《みやじ》の娘列子である。この高藤の一統（つまり醍醐天皇

の母方の人々）が、その従兄弟にあたる基経の一統（つまり摂関家の人々）に比していかに非政治的人間ばかりであったか、いかに非権力的資質の人ばかりであったかについては、今までいろいろなところで言ってきたから（たとえば『歌語りの時代――大和物語の人々――』一九九三年・筑摩書房）もうここではくり返さない。

満子が尚侍《ないしのかみ》に任ぜられたのは延喜七年（九〇七）であった。尚侍というのは、令制における内侍司《ないしのつかさ》の長官、すなわち宮中女官の最高責任者というような地位で、このころは天皇と縁故の深い女性が任ぜられることが多かった。尚侍が天皇の侍妾のひとりに与えられる地位となるのは、いますこし時代が下ってからのことである。

尚侍満子は、延喜十三年（九一三）に四十歳を迎え、その年十月十四日、宮中で醍醐天皇より賀を賜わった。

そのころの人々は四十歳になると長寿を祝って賀のことを催し、以後五十賀、六十賀など節目ごとに算賀のことが行なわれたものである。現代の社会で四十歳を老いとか長寿とか言うのはいかにも不都合だが、当時にあって四十歳は充分に老いの到るよわいであり、賀するに値するよわいであった。このとき満子が天皇から賀を賜わったのは、この人が天皇の外叔母であり、また従三位尚侍という重い地位にある女官だったからである。

通常、算賀のことは、子が親を、妻が夫を、夫が妻を、弟が兄をというふうに、祝われる人にゆかりの深い近親者が私的に催すものであった。満子の場合も、前年十二月に兄定方による賀が行なわれている。前年十二月というのはおかしいようだが、この年は年末に年内立春があったので、定方はそれに合わせて、いわばくり上げて妹の算賀を催したのである。

『伊勢集』によれば、「きよつらのみぶ卿」という人物も満子の賀を催していることになる。算賀というものは、祝う気持と祝うだけの人間関係があれば催されるわけだから、定方主催の賀とは別に「きよつらのみぶ卿」主催の賀があっても、格別ふしぎはない。これに醍醐天皇の賜賀を加えると、満子の四十賀は少なくとも三人の人によって祝われたことになる。そして伊勢は、「きよつらのみぶ卿」主催の賀にあたって、十二首の屛風歌を詠んだのである。

「きよつらのみぶ卿」とは、民部卿藤原清貫のことである。ただしこの賀の行なわれた延喜十三年にはまだ民部卿でなく、『伊勢集』が「きよつらのみぶ卿」とするのは、『伊勢集』成立時の呼称である。清貫は藤原氏南家の人。時平や忠平、定方や満子、それに伊勢というような北家の人々とはその流を異にする。いわば傍系の人なのだが、その父保則は地方官として治績をあげ、宇多天皇に重用されて参議に到った人だ。母はかの在原業平の娘というから、ちょっと興味がうごく。この清貫が弁官歴の持ち主であるところを見れば、父と同様手堅い実務官僚の道を歩いてきた人であることがわかる。

それにしても、なぜその清貫が満子の算賀を催したのだろう。年齢は清貫の方が六歳年上だが、一方は北家の人一方は南家の人、血縁的にはたいへん遠い。この二人のあいだに、賀を催したり受けたりするような、どんな縁故があったのだろう。

『日本紀略』や『公卿補任』で見ると、この清貫は醍醐朝において、満子の兄定方と非常に近いところにいた人である。特に満子が四十歳になったこの延喜十三年の正月、定方が六人を超えて参議から中納言へ進んだのと同時に、清貫も同じく六人を超えて参議から権中納言へ昇進している。これは異例すぎるほど異例の昇任だ。天皇外戚の定方はともかくとして、清貫までいっしょに破格の昇任をしている。これはなにか理由のあることであったにちがいない。

また同じ年の十月十三日、つまり天皇の満子への賜賀の前日に、内裏では菊合が催されているのだが、この日負けた右方が十二月に入ってから負物を献上した。その夜天皇は内裏をぬけ出して、定方・清貫を相手に酒を召し上っている。たぶん献上物が肴となったのであろう。これは『醍醐天皇御記』に記し残されていることだから、たしかな話だ。こんな場面でも、清貫は定方といっしょなのである。

清貫と定方、清貫と満子のあいだに、いったいどんな関係があったのだろう。それを気にしながら満子四十賀関係の史料を読んでいたら、『西宮記』におもしろい記事があった。延喜十三年十月十四日に宮中で催された満子四十賀に関する『西宮記』の記録は、なかなか詳細にわたっているが、その場の設営などの細部はここには必要がないから省略しよう。興味深いのはその出席者の顔ぶれである。

そこにあげられている出席者の名を見ると、敦慶親王・敦固親王など天皇と母を同じくする親王や、定方など天皇の母方の人々が主であって、宮中賜宴とは言っても公式の宮中行事ではなく、いわば天皇の私的な立場からの賜宴であったことが窺われる。天皇はみずから和琴を弾奏し、親王たちも琵琶・琴をとって管絃唱歌した。宴は夜にまで及び、伊衡や兼茂らも召し出されて献歌のこともあった。天皇は宸筆をもって尚侍のために正三位の位記を記し、諸親王・諸大夫らこぞって賀を申し述べたと、その盛会のさまが記しとめられている。

そして注目されるのは、このとき定方が清貫についてなにごとかを奏上し、勅許があって清貫が昇殿した、とある点である。定方がなにを奏上したのか、その内容は記されていないが、このときの天皇の賜宴に、清貫ははじめからの招待者ではなく、定方の申し出によって勅許があり、あとから列席しているのである。

とはどういうことなのか。いろいろと考えてみる。考え得るもっとも無理のない推測は、清貫が満子の夫であった、あるいは夫に準ずるような立場の人であった、ということであろう。この賜宴は、醍醐天皇とその母方の人々を中心とする私的な催しであったが、定方は満子と特別の関係にある清貫の出席を天皇に請い、それが許されたということではなかったか。

これはあくまで推測であって、史料的裏付けがあることではない。しかし満子の前任者尚侍淑子の夫が清和朝の右大臣氏宗であったことなどと思い合わせても、満子と清貫という取り合わせはさほど不釣合ではない。延喜十三年正月における清貫の異例の昇進も、どこかで満子の四十賀に連動するものとして理解できるし、そのころの定方と清貫の私的な距離の近さも納得がいく。そしてなによりも、清貫が満子の四十賀を催した理由を、もっともよく説明できるのである。すなわちそれは、夫が妻の四十賀を祝ったものであった、と。

延長八年（九三〇）六月二十六日、内裏清涼殿への落雷は、道真の怨霊のしわざとして朝野をふるえあがらせた事件である。この落雷によって、殿上に居合せた公卿たちの中から二人の死傷者が出たのだが、その死者というのが中納言民部卿藤原清貫であった。清貫は雷によって着衣を焼かれ、胸を裂かれて死んだと『日本紀略』は記している。遺骸は半蔀《はじとみ》に乗せられて陽明門外へ運び出され、車に移されて自邸にもどった。このとき内裏へかけつけた家人たちの哭泣の声は制止してもやまなかったと、これも『日本紀略』の伝えるところである。ただこの清貫の死に関する記録の中に、満子と清貫のかかわりを思わせるようなものは、残念ながら見出せない。

落雷事件の衝撃によって病を発した醍醐天皇は、その三か月後に崩じ、八歳の幼帝朱雀天皇の登祚となる。朱雀朝に入っても満子は尚侍の任にとどまり、承平七年（九三七）に六十五歳で世を去るまでそれをつとめた。死後正一位という太政大臣なみの高位追贈があったのは、その労に対するものであった。

女友だち

『伊勢集』の中に残る、ごく私的な友だちとのつきあいのようすも、見ておきたい。

堀河の院にとさくらとて侍ひける人の、陸奥介《みちのくのすけ》つねくにといふ人の妻《め》になりてくだるに、かくなむ

しほがまの浦漕ぎいづる舟の音は聞きしがごとく聞くはかなしや

返し

しほがまの浦漕ぐ舟の音よりも君をうらみの声ぞまされる

事情は次のようなことである。

堀河院に「とさくら」と呼ばれて仕えていた女性がいて、伊勢とは親しかったらしい。その人が陸奥介「つねくに」という人と結婚して、夫の任地に下ることになった。伊勢は歌を届けて、かねてうかがっていたとおりいよいよご出立とのこと、お別れが悲しいことです、と気持を伝えた。「とさくら」からも返歌があって、陸奥へひかれるこころよりも、あなたとの別れの方がつらくて、と言ってきた、というのである。

ここに詠まれた「しほがまの浦」は陸奥の歌枕。その縁で「漕ぐ」「舟」ということばを使ったのである。返歌の「うらみ」は「浦」と「恨み」の懸詞。こうしたことばの連ね方は、当時の贈答歌にあってはいわばきまりごとのようなものだ。

返歌の主「とさくら」は、歌仙家集本では「とさの蔵人」とあり、いずれそれは出仕先堀河院で通用していた女房名であろう。「とさ」は「土佐」かと思われ、あるいは父が地方官という、伊勢と同じような階層の出の人であったのかもしれない。

「とさくら」の出仕先堀河院は、伊勢の仕えた七条后温子の父基経の邸宅である。基経は左京三条に、堀河院・閑院という二つの大きな邸宅を持っていた。堀河院は表立った用に使われ、閑院はわたくしごとに使われることが多かったと、『大鏡』は伝えている。基経を「堀河の大臣《おとど》」と呼ぶのは、この堀河院に因んでのことである。

寛平三年（八九一）正月、基経はその堀河院で亡くなった。娘温子を入内させて一年あまりのちである。「とさくら」が堀河院に仕えていたのは、基経の生前とばかりは言いきれないが、仮に歿後であったとしても、そう遠いのちではあるまい。伊勢の身辺では、基経の死と同じ月に父継蔭が大和守に任官している。伊勢の出仕はそれよりも早く、父の伊勢守時代のことであったはずで、そのころ伊勢は十代の半ばくらいであったかと推定される。

こんな周辺状況から考えて、この贈答歌が詠まれたころ、伊勢は温子に仕える女房、「とさくら」は堀河院に仕える女房、仮に「とさくら」が年長だとしても、伊勢とそう大きくは隔たらない若さではなかったか、という気がする。宮仕え歴も、双方ともまだ長くはなかったであろう。

二人が出仕前からの知り合いであったか、出仕先のつながりによって親しくなったのか、そこまではわからないが、出自も環境もほぼ相似たごく若い女房同士、という間柄がおぼろげながら想像される。一方が結婚して遠く旅立つというとき、互いにいちずな歌を詠み合って別れを惜しんでいるようすは、いかにもその年ごろの少女の感傷と思われてほほえましい。

そう言えば『紫式部集』にも、少女期の紫式部が、遠国へ下る友だちと別れを惜しんで詠み交わした歌があった。地方官階級の家庭に育つ娘たちの身辺には、父の赴任や本人の結婚などによるこうした別離は、ままあったことであろう。彼女たちはこんな別れやまた再会などを通過しながら、自身の人生の旅程を歩み出しているのである。

次にもうひとつ。これは、ある程度の年輩に達してからの歌のようである。

はるかたの宰相の北の方の、門の前よりわたりたまふとて、御消息をのみ言ひ入れたまへれば、月明《あ》かき夜

雲居にてあひかたらはぬ月だにをわが宿過ぎてゆく宵はなし

同じ歌が『拾遺集』にとられていて、この相手は「参議玄上《はるかみ》が妻《め》」となっている。歌も第三句が「月だにも」とあり、その方がわかりやすい。「宰相」は参議の唐名だが、伊勢のころ「はるかた」という名の参議はいないから、これは『拾遺集』にあるとおり「玄上」であろう。

ある月の明るい夜、参議藤原玄上の夫人が伊勢邸の門前を通りかかり、あいさつだけを言い入れて通り過ぎて行った。「言ひ入れ」とは、自分は門外にいて、あいさつをその家の中へ取り次がせることである。伊勢はすぐに歌で返礼する。あの雲の上の月でさえもここを素通りして行くことはありませんのに、雲居におつきあいいただいている方が、この門前をお渡りになりながらお立ち寄りもくださらないのでしょうか、と。

歌のことばから推して、伊勢と玄上夫人は「雲居にてあひかたらふ」間柄、つまり宮廷関係の場で親交ある仲であったようだ。門前を通りかかってひとことあいさつだけを、というところに、この人と伊勢の日ごろの親しさが窺われる。

こうした不意のあいさつは嬉しいものだ。そこで伊勢は返歌に言う。あの月でさえもここには宿りますのよ、と。この若干のうらめしげなことばづかい。これもまた隔意のない間柄でのみ通用する性質のものだ。伊勢は立ち寄ることを強要しているのではない。それはそれはと、相手のこころづかいをよろこんでいるのだ。互いに押しつけがましさのないつきあい。玄上夫人のふるまいにも伊勢の歌にも、親しんで狎《な》れぬおとな同士のつきあいのさわやかさが感じられる。

玄上は、藤原氏南家武智麿の子孫。醍醐天皇の延喜十九年(九一九)に六十四歳で参議となり、十五年間在職した。娘を皇太子保明親王の妃としたが、親王は即位の日を待たずしてなくなった。ただし右の玄上夫人が、その保明親王妃の生母であったかどうかはわからない。玄上が参議であった期間は、伊勢の四十代半ばから六十歳ぐらいまでのころにあたる。この時期温子はすでに崩じ、伊勢は宮仕えから退いていたはずである。敦慶親王とのあいだに一女をもうけ、「京極御息所歌合」に出詠し、宮廷関係や貴紳の家の屏風歌を詠んで、歌人としての活動はもっとも盛んな時期であった。

『伊勢集』や『拾遺集』の詞書に「宰相」や「参議」の語があっても、それだけでこの歌を玄上参議在任中のものときめるわけにはいくまい。詞書中の人物の肩書が、かならずその歌の詠まれた当時のものとは限らないからである。しかし右の歌は、『伊勢集』詞書に見られる玄上夫人への敬意待遇や、「雲居」にての「語らひ」を言っている歌のことばや、なによりもこのできごとそのものの雰囲気からして、やはり伊勢の後半生、伊勢・玄上夫人ともになんらかの社会的地位の備わっていたころのもののように思われる。

以上二つの例は、伊勢の生涯の人間関係全体の中で見れば、ごく片隅の小場面にすぎない。しかしここにあるのは、相手に向かって実にやわらかく心を開いた伊勢の姿である。『伊勢集』を読んでいると、この人には若いときから非常に内省的克己的性向があり、常にきびしく自分の内側と外側のけじめをつける人であったように思われるのだが、同時に右のような小場面を見ると、その内省力や克己心は、他に対する柔軟な対応を妨げるような性質のものではなかった、と知られる。わが中のできごとの飛沫を四散させることはしないが、それは自閉的硬直とはおのずから別のものである。むしろ伊勢は、おのれを律することの強さゆえに、他には柔軟に対応できる人であったのかもしれない。

つねくに

前節で、宮仕え初期の伊勢が、「とさくら」という友だちと詠み交わした歌を読んだ。それは、「とさくら」が「つねくに」という人の妻となって陸奥に下ることになったとき、二人して別れを惜しみ合った歌であった。この「とさくら」の結婚相手「つねくに」については、確実な根拠をもってその人を特定することはできないのだが、実はここに、あるいはこれがその「つねくに」ではないか、と思われる人がいて、それが意外におもしろい人物なのである。

藤原氏は、鎌足の孫の代から南家・北家・式家・京家と四つの流に分かれる。その中でいわゆる摂関家となって栄えていったのは北家である。基経も温子もそして伊勢もこの北家の人であった。と言って、北家だけが伸び拡がって他家は逼塞してしまったというわけではない。淳和・仁明朝には北家以外からの大臣が出ているし、その後も参議や中納言までのぼる人もあった。前々節でとりあげた清貫、前節で触れた玄上、いずれも南家の人で、共に参議に到っている。これからとりあげる人物も、そういう南家の人である。

南家は武智麿にはじまる。武智麿の曾孫三守は仁明朝に右大臣をつとめた人である。その三守の孫に経邦という人がいる。生歿年は不明だが、母は冨士麿女と『尊卑分脈』にはある。冨士麿も南家の人で、『古今集』に、

秋来ぬと目にはさやかに見えねども風の音にぞおどろかれぬる

というさわやかな立秋歌を残している敏行の父だから、経邦の母と敏行はきょうだいということになり、従って経邦から言えば、歌人敏行は母方の伯父か叔父にあたる。

『尊卑分脈』によれば、経邦の父や兄弟たちはみな諸国の国司をつとめており、経邦自身にも「従五位上武蔵守」と註されている。これがこの人の最終官であったらしいことは、『大鏡』における肩書もこれと一致するところから、ほぼ確かと思われる。

武蔵守に到るまでの経邦の官歴はほとんどわからないが、ただ、延喜十一年（九一一）に出羽守在任中であったことだけは、以下に述べる話によってはっきりしている。そしてもしこの人が、出羽守以前の若い時期に陸奥介になっていたことがあってくれれば、「とさくら」の話とおよそ年代も合い、年ごろも似合いそうなのだが、なにぶん経歴不明の人だから、そのあたりをはっきりつきとめる手がかりがない。だから資料の上では、『伊勢集』の「つねくに」と南家の経邦とをこれ以上近づけることは困難である。「つねくに」と経邦が同人一物であった可能性は

非常に高い、と私は考えるものだが、可能性だけでは話が先へ進まないから、ここからは「つねくに」ではなく経邦の話になる。

醍醐天皇の延喜十一年と言えば、伊勢の仕えた温子も、その所生の皇女で敦慶親王の室となっていた均子内親王も、すでに世に亡い。そして伊勢には、その敦慶親王とのあいだにかかわりが生じたかと推定される時期である。

この年の夏六月十五日、宇多法皇は亭子院で豪快な酒宴を催した。水無月半ば、暑さのもっともきびしいころである。水閣を開き風亭を排《ひら》き、殊に大酒豪を召して醇酒を賜わったと、「亭子院賜飲記」はその日の次第を書き起こす。召しに応じて参った者は八人。すなわち参議藤原仲平、兵部大輔源嗣、右近衛少将藤原兼茂、同じく藤原俊蔭、出羽守藤原経邦、兵部少輔良峯遠視、右兵衛佐藤原伊衡、散位平希世のめんめんで、いずれも譲らぬ大酒家、飲んで一石に及ぶも水をもって沙《すな》に注ぐがごとき者ばかりであった、という。

法皇は盃内に印をつけさせて一杯の量を定め、これでもって飲みくらべをさせた。みな口々に飲みはじめたが、さすがに六、七巡に到って満座酩酊、寒温を言わず東西を知らず、起居騒然というありさまとなった。もっとも酔の甚しきは平希世、次が仲平。希世はこれより十八年後の清涼殿落雷のとき、顔面に大やけどをする人であり、仲平はむかし青年時代に、伊勢との恋のあった人である。その他の者もめちゃくちゃに酔って、舌はもつれ鳥のさえずりのようなことを口走って、経邦ごときに到っては――と「亭子院賜飲記」は書いている――はじめ快飲を示して意気揚がっていたが、遂には反瀉を事としてうめくばかりであった、とある。中にひとり伊衡のみは乱れず、賞として駿馬一頭を賜わった。この伊衡は敏行の子だから、経邦にとっては従兄弟にあたることになる。

このようなわけで、延喜十一年に経邦が出羽守であった事実は、当人にとって多少めいわくかもしれない記録の中に、しっかりと現存している。在任中に亭子院で醇酒をいただいているのだから、遥任であったのだろうか。

ところでこの経邦には、五男一女があった。五人の男子に格別秀でた者はいないが、一女は長じて藤原師輔の室となり、四男三女を生んだ。

経邦女の生んだ四男のうち、末子の忠君は比較的早逝であったようだが、伊尹・兼通・兼家の三兄弟は、いずれものちに摂政あるいは関白となる。長子伊尹は「一条摂政」と呼ばれた人で、『一条摂政御集』という家集がある。また歌人中務の娘――すなわち伊勢の孫女――を妻のひとりともしている。第二子兼通と第三子兼家は極めて仲が悪かった。兼通臨終に近いころ関白位をめぐる両者骨肉の争いは、『大鏡』の中に描かれていてすさまじい。

経邦女所生の女子三人について言えば、まず大君《おおいきみ》安子は村上天皇の后となり、のちの冷泉・円融両帝を生んだ。この人は、同じく村上天皇の妃であった宣耀殿《せんようでん》の女御芳子を壁のすきまからのぞき見て嫉妬心にかられ、天皇がそこに居合わせるもかまわずかわらけの破片を投げつけた、という女性。天皇もこの人には「いみじう怖《お》ぢさせられ」るところがあったという。中の君登子は、天皇の兄宮重明親王の妃となっていたのを、天皇がわりなく恋しく思し召され、后安子にぜひにとお頼みなされたので、さすがの安子もいたしかたなく、一、二度見て見ぬふりをなさったと『大鏡』に語られている女性である。安子も重明親王もなくなってのち、登子は天皇に召されていみじく時めいた。三の君は、村上天皇や重明親王の異母兄源高明の室となったが、出産により命を落した。

師輔は他方で、常陸介藤原公葛の娘も娶っており、さらに勤子内親王、雅子内親王、康子内親王と醍醐天皇の三皇女を次々に迎えてもいるが、経邦女との結婚はかなり早かったようで、所生子の数も経邦女がもっとも多い。

師輔の妻として右のような四男三女を持った経邦女は、死後、正一位という人臣最高の贈位を受けた。太后安子の生母であり、冷泉・円融両帝の外祖母であり、三人の摂政関白たちの実母である。それゆえ、女性の実名の残りにくかったこの時代に、盛子というその名もしっかりと伝わっている。従五位上武蔵守経邦の娘のこの栄達を見て、当時の人々は「子を持つならば女の子」と言い合った。

さて、ここでもう一度『伊勢集』の「つねくに」にもどりたい。

『伊勢集』の「つねくに」と「亭子院賜飲記」の経邦が同一人物であった可能性は非常に高い、と私は考えるが、『伊勢集』の「とさくら」が経邦女盛子の生母であったかどうかについては、なんとも言えない。『尊卑分脈』で見ると経邦には複数の妻があったようで、盛子の生母についてはまったく記載がないのである。

ただ、少女時代に伊勢と親しかった「とさくら」の夫が、このような大酒家であったということは、仮に想像としてみてもなかなか楽しいではないか。

流人送別

宇多天皇の女御温子に仕えて、寛平期を後宮女房として過した伊勢は、そのころ宮廷社会で起ったひとつの事件の、余波を受けて詠んだ歌をも残している。

伊豆の講師《かうじ》にて流されけるときに、みなひと歌詠みけるに
別れてはいつ逢はむとかおもふらむかぎりある世の命ともなし

ある人が「講師」という身分におとされて伊豆へ流されたとき、人々が歌を詠んだので伊勢もこう詠んだ、という詞書。「講師」とは、当時諸国に一人ずつ置かれていた僧官である。かぎりあるこの世の命、いま相別れてはいつまた逢えるというのでしょう、と流されゆく人の身の上を思いやっており、「いつ逢はむとか」に配流先の地名「伊豆」が隠し詠みこまれている。

詞書の言う「みなひと」とは、伊勢のまわりにいた人々、おそらく女房たちであろう。流されゆく人と「みなひと」とのあいだに、日ごろなんらかの交際があったのかどうか、その点は判然としないが、詞書や歌の印象からすれば、これは流されびとへ届けられた歌というより、この配流について後宮女房たちが感想を詠み合った、というもののようである。

この流人《るにん》はたれであったか。『伊勢集』群書類従本の詞書は、「せきう法師が伊豆の講師になりて流されしときに」となっており、『後撰集』巻十九は「善祐法師の伊豆の国に流され侍りけるに」として右の伊勢の歌を収めている。すると群書類従本の「せきう」は、「善祐」という人名を仮名に移した際の音の訛りか表記のずれかであろう、と思われる。そしてこの「せきう法師」と「善祐法師」とが同一人物ならば、これはすこし事情のある流罪であった。

『日本紀略』の宇多天皇寛平八年（八九六）九月二十二日条には、皇太后高子の后位を停廃する、との記事がある。『日本紀略』は「事秘不知」として事情を伏せているが、『扶桑略記』は東光寺の僧善祐とのあいだに密通のことがあったからだ、と理由を明かし、善祐は伊豆の講師として配流された、とも記している。先の伊勢の一首は、この流人善祐にかかわって詠まれた歌なのだった。

后位停廃とはまことに異例の処分だが、この事件のまわりに政治の影はない。それはまったく、この当事者たちが惹き起した極めて個人的な事件であった。ただ当事者の一方が皇太后という公的地位にある人であったため、事件も公の問題とならざるを得なかったのである。

ここで三十年ほど時代を溯って、高子という人の経歴を見ておこう。

高子は、清和朝に摂政であった藤原良房の姪。また良房の養嗣子基経の実妹である。この人には若いころ在原業平との恋があったが、良房と基経はまるで花についた虫でもつまみ出すみたいにして業平を排除し、数年後に高子を清和天皇後宮へ入れた。

やがて高子は第一皇子を生み、この皇子は九歳にして即位する。陽成天皇である。それから四年後に清和上皇は崩御、諒闇の明けるのを待って陽成天皇は元服した。このとき生母高子に皇太后位が贈られている。皇太后とは、ことばの上だけの敬称ではない。皇太后宮職が置かれて大夫以下の職員が配属され、予算措置を伴った国家的処遇を受けることになる公的地位である。このとき高子四十一歳であった。

ところが高子の生んだ陽成天皇は、とかく性行に穏当を欠くところがあって貴族たちの支持を失い、在位八年目、十七歳にして退位せざるを得なかった。退位の際陽成天皇と高子は、左京二条二坊にある「二条院」へ移った。この「二条院」はそのまま陽成上皇御所となって、やがて「陽成院」と呼ばれるようになるところである。高子はその後、この「二条院」（陽成院）から三条四坊にある別の第宅へ移る。ここは条坊としては三条にあるのだが、北側で二条大路に接していたため「二条院」あるいは「小二条院」と呼ばれた。すこしややこしいが、皇太后高子の御所はこの三条の方の「二条院」であり、高子を「二条の后」と呼ぶのも、この御所に因んでのことである。もちろん、陽成退位後も高子の皇太后位にはなんら変改はない。ただこの後皇統は、清和・陽成系を離れて、関白基経の強い影響力の下に光孝・宇多と推移する。宇多天皇の寛平三年（八九一）基経は他界し、その五年後に前述のような事情で高子の皇太后位は剝奪された。高子五十五歳である。

『宇多天皇御記』によれば、この件に関して宇多天皇は、すでに寛平元年（八八九）に蔵人からひとつの報告を受けている。それは、皇太后高子が東光寺の僧善祐の子をもうけた、というものであった。東光寺は、故清和天皇の追福のため高子の願により建てられた寺であり、善祐はその寺の座主であった。この蔵人の報告は宇多天皇にとってまことに頭の痛いものであったらしく、『御記』には「悶慟無限」という語が記し残されている。

この『御記』の記事と寛平元年という年次を信じてよいとすれば、高子と善祐の関係はかなりの期間にわたっていたことになり、寛平八年段階ではもはや世に隠しおおせず、遂に廃后という処分になったものであろうか。この場合、もし、という仮定は意味のないことではあるが、もし、この時期まで基経が存命していたとしたら、この事件の処理はいますこし別の形をとったであろう、という気がする。

とまれこうして、高子は皇太后の地位を失い、善祐は伊豆へ追放された。『拾遺集』巻十五の巻頭には、このとき善祐の母が詠んだ歌、

泣く涙世はみな海となりななむ同じなぎさに流れ寄るべく

が収められている。

では、この処分決定の行なわれた寛平八年九月という時期を、伊勢の上で見るとどういうことになるだろう。

それは宇多治世の末期、すなわち天皇退位のほぼ一年前である。伊勢は二十歳をいくらか出たくらいか。出仕が温子の入内と同時であったとすれば、ここまでに約八年間の女房生活を送ってきたことになる。すでに歌よみとして名があり、温子の下命によって四季恋物語屏風歌十八首を詠んだのもこのころのことだ。さらにこの時期、伊勢は宇多天皇の召人としてひそかに寵を受けていたと推定され、この寛平末年のあたりで「をとこみこ」を生んでいるはずである。

『伊勢集』にある「みなひと」や伊勢が、流人善祐と具体的にどのような知り合いであったかはわからない。しかしこの時代の宮廷社会や貴族社会は思いのほかにその範囲が狭く、人間関係の密度も濃かったから、かねてそこになんらかのつながりがあったとしても格別ふしぎではない。それに『宇多天皇御記』に見えるとおり、もし高子と善祐のかかわりあいが寛平初年ごろからのことであったとすれば、寛平八年の宮廷社会でそれはすでに「よく知られた秘密」であったのかもしれず、とすれば、このいよいよの処分を見守る伊勢や「みなひと」たちの心情には、複雑なものがあったに相違ない。

これから五年ほどのち、それはもう醍醐天皇の代になっていたが、伊勢はもうひとつの大きな配流事件をまのあたり見ることになる。菅原道真の大宰府左遷。『伊勢集』によれば、これに連座して兵衛佐から但馬介へ移された人は、かつて伊勢に深く思いをかけてきた男であったという。伊勢とその男の関係はさほど深くはなかったようだが、配流のとき伊勢は、この流人へねんごろな送別の文を届けており、男もまた、やるかたなき悲嘆を訴えて歌を返してきている。

善祐の配流と道真の左遷とは、その意味も影響もまったく異なる事件であって同日には論じられない。前者は皇太后にかかわる私的なスキャンダル。後者は政権の主導をかけた権力争いである。ただ、そのとき后妃づき女房として宮廷社会の一隅に居合せた伊勢は、このどちらの場合にも若干の個人的なかかわりを持って、それぞれの流人を見送ったようである。

最後に、高子のその後のことを付記しておこう。高子は、醍醐天皇の延喜十年（九一〇）、后位を廃されてから十四年後に六十九歳で死去した。それからさらに三十余年後、朱雀天皇の天慶六年（九四三）に、もとの皇太后位に復された。

屏風歌から

つらつえ

屏風歌というのは、屏風に使われた歌のことである。そのころの屏風には絵が描かれ、画面の中に色紙形《しきしがた》といって四角な空白部分が設けられていた。歌はそこに書くのである。つまり屏風は、絵と和歌でデザインされた室内調度であった。そこに使われる歌は、もちろん絵と関連づけて詠まれる。こうした屏風歌の詠作は、多くの場合名ある歌よみに依頼されるものであった。ということは、屏風歌を詠むような歌よみは、いわば専門歌人として世に認められていたということ。この時代では貫之がその第一人者であったが、伊勢もまた、それに劣らぬすぐれた屏風歌作者である。

『伊勢集』の中には、七十首あまりの屏風歌がある。ふつう屏風歌に付せられた詞書には、簡略ながら屏風絵の図柄が説明されており、それによってもとの画面をある程度推測できるのだが、『伊勢集』屏風歌の詞書には、当時の風俗習慣をしのばせるものがあって、なかなかおもしろい。

たとえば、「七月七日、たらひに水入れて影見るところ」とあるのは、七夕の夜たらいに水を張って星影を映している場面が描かれていたのである。当時そんな風習があったことは、『源氏物語』蓬生の巻からも知られる。

また「梅の花のかたはらなる竹にたかうな掘るところ」とは、梅の花のそばの竹やぶで筍を掘っている図、ということだ。梅の花のころの筍なら、まだ地中深くあるから、たぶん掘りがいがあるだろう。それにしても屏風絵に筍掘りの図とは楽しい。

しかし、次の歌に行きあたったときは、おもしろいというよりまず意外と感じた。

屏風に、夜もすがらもの思ひたる女つらつゐをつきてながむるに

夜もすがらもの思ふときのつらつゐはかひなたゆさも知らずぞありける

「つらつゐ」とは頰杖のことである。歌意は、夜もすがらもの思いにふけっていると、頰杖をついた腕のだるさにも気がつかないものだ、というようなことである。

この歌を読んで思ったことがいくつかある。まず、伊勢のころ「頰杖ついてもの思う女」という屏風絵の画題があり得たのだ、という思いがけなさ。次に、それなら当時の人々が頰杖をつくことはさほど稀ではなかったのか、という想像。となればいったい、このころの人々は日常坐臥どんな姿勢で暮していたのだろう、という疑問。

ところが、いったん『伊勢集』で「つらつゐ」に出合ってみると、ほかにもこのころの歌や物

語には「つらつゑ」が出てくるのである。

まずそれは、『古今集』巻十九に誹諧歌としてあった。

題しらず　　　　　　　　　　　　　　大輔

なげきこる山とし高くなりぬればつらつゑのみぞまづつかれける

歌の大意は、あまり嘆くことが多くて、頰杖ばかりついている、というようなこと。「長息《なげき》凝る」に「木樵《こ》る」を懸け、ためいきが凝って山のように高くなる、という文脈と、木を樵って山登りの杖をつく、という文脈とを巧みにない合わせた歌だが、このような修辞技巧のおもしろさと共に、「つらつゑ」ということばが出てくることも、誹諧味のあるところと思われたのであろう。

また『貫之集』にもこんな例がある。

躬恒がもとより

草も木も吹けば枯れぬる秋風に咲きのみまさるもの思ひの花

返し

ことしげきこころより咲くもの思ひの花の枝をばつらつゑにつく

貫之と躬恒のあいだには、非常に親しい交りがあったことが知られている。その躬恒から貫之のもとへ歌が届いた。秋ともなればもの思いの花ばかりが咲くことですよ。それに貫之が答える。

いや、こちらもご同様。いろいろと事多くて、もの思いの花の枝を杖にして頬杖をついています、と。

しかしこの二人が、なにごとか深刻に歎き合っている、と考えてはいけない。これは心許し合った歌よみ二人の、ことば遊び、歌遊び。特に貫之の「もの思ひの花の枝をばつらつゑにつく」など、いかにもおもしろがって言っている感じである。

物語の中の用例としては、『竹取物語』にそれがある。かぐや姫が五人の求婚者にそれぞれ難題を出すことは、よく知られているとおりだが、倉持皇子への課題は、「蓬萊山にある宝の木の一枝を。」というものであった。皇子は、極秘裡にそれに似せたものを作らせ、たったいま蓬萊より立ちもどりました、と姫の邸へかけつける。見事な宝の木の枝を見た竹取翁は、大よろこびで姫と皇子の婚礼準備をはじめる。そのときの姫のようすが、

ものも言はで、つらつゑをつきて、いみじう嘆かしげに思ひたり。

となっている。進退きわまった、という局面で途方にくれる「つらつゑ」である。

時代はすこし下るが、『堤中納言物語』という短篇集の中の「貝合せ」という小篇にも例がある。母を異にする二人の姫君が貝合せをすることになった。姉君の方はあちこちからりっぱな貝を調達しているというのに、後だてのない妹君は思うように貝を用意できず、これでは負けてし

まうと気が気でない。それで、

つらつゑをつきて、いともの嘆かしげなる。

と思い屈している。しかし、思わぬところから助力が得られることになると、

つらつゑつきやみてうち赤みたるまみ、いみじく美しげなり。

となる。

これらの例から考えるに、もの思いや屈託のあるとき、人々はおのずから「つらつゑ」をついたらしい。お行儀がわるい、と言ってはいけない。それはひとえに当時の生活様式から生まれた日常の習慣なのであって、現代の行儀や作法の尺度であげつらうべきことではないのだから。

ではそのころの人々は、とりわけ女性たちは、どんな姿勢で「つらつゑ」をついたのだろう。少なくとも今日の正座、すなわちひざの関節で脚を二つに折り、ひざがしらを揃えて坐る方式では、頬杖をつくことは不可能だ。この場合、なにか適当な高さのものが側になければ。当時は脇息《きょうそく》が使われていたから、きっとその上で頬杖をつくことがあったろう。体の横に置けば片手の頬杖、前に置けば両手の頬杖をつくことができる。

『源氏物語』若菜上に、源氏が「つらつゑつき給ひて寄り臥し給へれば」とある場面は、おそらく横臥、ことによると腹ばいで頬杖をついているものと推測される。これは、うちくつろいだ

ときにはしばしばとられた姿勢である。

さらにこの時代は、いわゆる「立てひざ」と言われる坐り方もした。そのとき、立てたひざの上に片手で頬杖をつくことはなかったろうか。

なにやらそれは、菩薩半跏像に似たスタイルになるが、別に『伊勢集』の「つらつゑ」を無理に仏像の形にこじつけようというわけではない。ただ、ヒトの四肢の関節の曲り方は無制限に自由ではなく、定まった方向・範囲があるわけだから、足を折り曲げて坐りかつ片手でもって頭部を支えようとすれば、結果として、平安の姫君の屈託の姿と菩薩の五劫思惟のおんかたちとが、相似してしまう場合もあり得よう、と思ってみるだけのことである。

斧の柄

「つらつるゑ」の歌につづいて、碁を打っている場面を詠んだ、という歌がある。この二首は同時の屏風歌だが、おそらく屏風そのものは別々であって、「つらつるゑ」の絵のものと碁の対局場面を描いたものと、二帖あったのだと思われる。頬杖をつく女、碁を打っている人物。このときの屏風の絵はすこし趣が変っている。賀などの折の屏風ではあるまい。

碁うちたるところ
斧の柄の朽《く》つばかりにはあらずともかへりみにだに見る人のなき

本書に引用する『伊勢集』の本文は、原則として西本願寺本に拠っているが、この歌は、意味のわかりやすさを考えて歌仙家集本から掲出した。

初句にある「斧の柄」は、碁にかかわる成語で、中国の故事から来たことばである。むかし、晋の国の王質という樵夫が山中に分け入ったところ、仙童たちが碁を打っていた。棗《なつめ》の実を食べながらそれに見とれていたら、一局が終らぬうちに携えていた斧の柄が朽ちてしまった。村に帰ってみると長い歳月が移り過ぎていて、旧知の人はもうたれもいなかった、という話。「爛柯《らんか》の故事」とも言い、ここから囲碁のことを「爛柯」とも言うようになった。

歌の意味は、

仙童たちの碁に見とれているうちに斧の柄が朽ちた、という話があるが、それほどまで熱心でなくとも、いますこしは関心を持ってこの対局を見ていてほしいのに、ちょっとふり向く程度にすら見てくれる人がないのは、残念だなあ。

というようなこと。おそらく屏風の画面には対局人物二人だけが描かれていて、観戦者までは描かれていなかったのであろう。それを、絵の中の対局者たちが張り合いながっていると見なして、その対局者になったつもりでこう詠んだのである。屏風絵の図柄そのものは、特に王質の故事を描いたものではなかったかもしれないが、碁の場面に「斧の柄」を言ったところが、屏風歌としての趣向である。

伊勢のころ、碁はよく普及していたようである。宇多天皇に仕えた寛蓮という僧が碁の達人で、よく天皇の碁の相手をしていたという話は『今昔物語』巻二十四に語られている。「斧の柄」の話も、当時の人々はよく知っていたようだ。

『古今集』巻十八にこんな歌がある。

筑紫に侍りける時に、まかりかよひつつ碁うちける人のもとに、京にかへりまうできてつかはしける

紀　友則

ふるさとは見しごともあらず斧の柄の朽ちしところぞ恋しかりける

作者紀友則には、かつて筑紫にいたころ親しく行き来して碁を打った知人があったらしい。その後都へ帰った友則が、筑紫の碁友だちに言い送った歌がこれである。

帰ってみると、こちらはすっかりようすが変っていました。いまとなっては、あなたと碁を打って時のたつのも知らなかった御地のことが、恋しくてなりません。

と言っている。友だちのもとを仙境になぞらえ、わが身を故郷に帰った王質に擬して、筑紫にいたころをなつかしんだ歌。事情がちょうど「斧の柄」の故事に重なって、「ふるさとは見しごともあらず」の感懐にも、「朽ちしところぞ恋しかりける」のことばにも、実感がこもって聞かれる。

『後撰集』巻二十には、こんな歌がある。

院の殿上にて、宮の御方より碁盤いださせたまひける碁石笥《ごいしけ》の蓋に

命婦《みょうぶ》いさぎよき子

斧の柄の朽ちむも知らず君が世の尽きむかぎりはうちこころみよ

これは伊勢よりほんのすこし後代、朱雀天皇退位後のできごとである。「院」とは、その朱雀上

皇が御所とした朱雀院のこと、朱雀大路に面してその西側にあった皇室後院で、宇多上皇時代には、伊勢もここで五年ほど七条后温子に仕えて過したことがある。

詞書に見える「宮」については、北村季吟の『八代集抄』や中山美石の『後撰集新抄』は朱雀天皇皇女の昌子内親王としているが、私は昌子内親王の生母熙子女王であろうと考える。熙子女王は、醍醐朝に皇太子のままで亡くなった保明親王の王女で、朱雀天皇には姪にあたる。朱雀天皇は八歳という幼さで即位、加えて病弱でもあったので、后妃としてはこの熙子女王と藤原実頼女慶子の二人しかなかった。御子も熙子女王に昌子内親王があるのみである。いま、そのころの関係者の動静を年表風に書き出してみると、天慶九年（九四六）四月に退位した朱雀上皇は、同年七月朱雀院へ遷御する。四年後の天暦四年（九五〇）、熙子女王は昌子内親王を出産したのち薨じ、さらに二年後の天暦六年（九五二）には朱雀上皇が崩ずる。上皇崩御のとき、その皇女昌子内親王はまだ三歳である。このような状況から考えて、ここに「宮」と呼ばれているのは、昌子内親王ではなくその母熙子女王であろう。「宮」という呼称は、女王が皇族の出であるところから来ていよう。

「宮」の説明に手間どったが、右の場面は熙子女王在世時の朱雀院で、女王から上皇へ碁盤が奉られたというところ。そのとき碁盤に添えられた歌がこれである。作者「命婦いさぎよき子」

は、煕子女王に仕えていた女房であろう。歌意は、

仙童たちの碁を見ていて斧の柄が朽ちたという話がございますが、まことに斧の柄の朽ちるも知らぬほど幾久しく、この碁をお打ちください。

というようなことで、碁盤の献上者煕子女王のあいさつを代弁したものである。上皇の長寿をねがうこころが詠まれているので、『後撰集』はこれを慶賀の部に収めている。

この歌からもわかるとおり、当時、碁は女性にも十分親しまれていたゲームであったようだ。それに附随して、「斧の柄」の故事もよく知られていたのであろう。

そう言えば、後代の清少納言も碁にはよく通じていたらしい。『枕草子』には、宰相中将斉信と碁にかかわる隠語で他人の恋の噂をしているところがある。また、女性を訪問した男が話に興じて当分腰を上げそうもないという場面で、待ちくたびれた男の従者たちが、とかくようすをさしのぞいて、「斧の柄も朽ちぬべきなり」と不平を言い合い、長々とあくびをしながら、ああいやだ、お帰りは夜の夜中になりそうだぞ、などと言うのは、まことに興ざめだ、とも書いている。従者たちがこうでは、せっかくすてきな方と思ったそのあるじのねうちだって下がってしまう、とつけ加えているのは、清少納言自身の実体験から出たことばであろうか。

この『枕草子』の「斧の柄」は、碁とはまったく関係のない場面で使われているのだが、実感

としてはわかる。このように、碁から離れて、ただ時間の経過の長さを言うために「斧の柄」というこ とばが使われることも、次第に多くなっていた。『蜻蛉日記』などにもその例が見られる。それにしても、こんな従者たちまでが「斧の柄」をひきあいに出しているのは、それだけこの故事成語が人々の生活の中に生きていた、ということであろう。

衣裏宝珠

『伊勢集』で故事成語にかかわる歌、ということになれば、「衣裏宝珠」の話もしなければならない。「衣裏宝珠」とは、『法華経』五百弟子受記品にある次のようなたとえ話である。

ある男が、友人の家で酒を飲み酔って眠りこんでしまった。友人は他用があって出かけたが、そのとき、眠っている男の衣の裏に、価もつけられないほどのすばらしい宝珠をつけておいた。その後この酔って眠った男は生活に困窮することになったが、わが衣の裏にそんな宝珠があることなどまったく知らず、苦しい暮らしをつづけた。のちにかの友人に再会し、衣の裏の宝珠のことを教えられて立ち直った、という話。

これを仏教の教えとして見れば、酒に酔って眠った男とは迷妄におちいって覚めない者のたとえ、友人とは仏のたとえ、衣の裏の宝珠とは迷妄の者でも仏になる可能性は秘め持っているということのたとえ、であるという。

と言えば、なにやら窮屈な話のようだけれども、伊勢のころの人々にはこれもよく知られ親しまれていた話であった。『伊勢集』には、この話をとりこんだ歌が三首もある。

まず、そのひとつ。

藻刈りたるあま

心して玉藻は刈れど袖ごとに光見えぬはあまにざりける

これは、延喜十三年（九一三）に、藤原清貫が尚侍藤原満子の四十賀を催したときの、屏風歌十二首のうちの一首である。尚侍満子の四十賀やその主催者清貫については、「清貫という人」（37頁）で紹介ずみだから、ここではくり返さない。この屏風歌を詠んだころの伊勢は三十代の末、敦慶親王とのあいだに一女をあげたか、と思われる時期にあたる。

詞書で見ると、屏風には海藻をとる漁師が描かれていたらしい。伊勢はその海藻を「玉藻」という美称でもって言い表わし、その「玉」の縁によって「衣裏宝珠」の話へ連想をひろげて、「袖ごとに光見えぬ」と詠んだのである。歌意は、

気をつけながら玉藻は刈っているのだが、刈る袖ごとになんの玉の光も見えないのは、海《あ》人《ま》の仕事のつらさだなあ。

というようなことである。

ただしこれは、海人の仕事の苦労を言おうとしたのではなく、それに対する同情を強調したのでもない。「玉藻」ということばに「袖ごとに光見えぬ」をつづけることによって、「衣裏宝珠」

の話をちらとのぞかせ、屏風歌としての趣向としたもの。それはあくまでも、屏風歌という装飾性を要請される詠歌の場での、意匠でありデザインである。ここでは、もとの仏典にあった教訓的寓意はまったくはたらいていない。ただ「衣の裏の珠」という話の、その話題性だけがとりこまれている。つまり「衣裏宝珠」の話は、屏風歌のおもしろさ乃至見どころとしてだけ言われているのである。

「衣裏宝珠」の話は、また次のような恋歌の中にも使われている。

白玉をつつむ袖のみながるるは春は涙のさえぬなるべし

この歌は、『伊勢集』では詞書を持たないが、『後撰集』では「人のもとにつかはしける」と詞書がある。春のころ、恋人のもとへ届けた歌らしい。

白玉を包みながらそれに気づかなかった、という話がありますが、それと同じように、涙をつつみ隠そうとするわたくしの袖ばかりが、流れるほど濡れて泣かれるのは、春は氷がぬるみとけるように、人の涙も凍ることなく流れ出るからなのでしょうね。

と詠んでいる。「白玉」の語はそのころ涙を意味して用いられた。ここもそれである。すなわち「白玉をつつむ袖」とは、「人を慕って流す涙を他人にさとられないようにつつみ隠す袖」ということで、この言い方の中に「衣裏宝珠」の話を匂わせたのである。ういういしい情感、おそらくごく若いころの作、そして相聞初期の歌であろう。

でも、恋のはじめのころ、思う人にその思いを言い贈るのに『法華経』の話なんか持ち出してくるなんて、と思われるかもしれない。しかしここでも、もとの仏典にあった寓意はきれいに抜け落ちていて、ただ人目を憚って袖につつみ隠す白玉（涙）の切なさを訴えるためにのみ、それは言われている。すなわち、つつみ隠されて人に知られない、ということを印象づけるためにのみ援用されているのであって、ここではたらいているのは、やはり「衣裏宝珠」のたとえのその話題性だけである。

「衣裏宝珠」のたとえを、ただ歌の意匠としてのみ用いる、ということは、次の歌の場合も同様である。


なごりなく磨かれにける白玉ははらふ袖にも塵だにぞゐぬ

この歌のおよその意味を言えば、
くまなく磨きあげられた白玉は、ほんとうに清らかで、ふり払おうとする袖にさえも塵ひとつとどめぬほどだ。
ということ。『伊勢集』諸本いずれを見ても詞書がないので、どのような事情のもとで詠まれたものかわからないが、ただ単に白玉の清浄さを詠んだだけの歌ではないと思われる。おそらくこの裏には、なにか人事にかかわる意味が隠されていて、それが作者の言いたい真意であるはず。もしかして恋のぬれぎぬなど着せられて、それをふり払おうとむきになった歌か、とも見えるのだが。

しかしこの歌の裏の意味を探ることは、当面の課題ではない。ここで確認したいのは、この歌にも「白玉」と「袖」が言われていて「衣裏宝珠」の話が下に敷かれているということ、かつここでも、もとの仏典にあった寓意はきれいに消え失せて、ただ「袖につつまれた白玉」という話の、その話題性だけがほとんど慣用的に利用されている、ということである。

「袖の白玉」が、原典の寓意とはまったくかけはなれたところでただ慣用的に用いられる、このことは、以上見てきた三首のいずれの場面にも共通して言える。それにもともとこの話は、『法華経』では「衣の裏の宝珠」であったはずなのに、右の『伊勢集』の三首では、いずれも「袖」のうちの「白玉」となっている。もしそれが人目を憚って流す涙の比喩であろうとするならば、なるほど「衣の裏」にあるよりも「袖」のうちにあるべきであろう。また「宝珠」であるよりも「白玉」であるべきであろう。少なくともその方が歌になる。どうやらこの時代の人々の習俗や服飾の実態は、「衣の裏の宝珠」を「袖のうちの白玉」に変えてしまったらしい。こうしたところにも、本来仏典の教説であったはずの比喩が平安朝風に風俗化されてしまったようすが、見てとれる。

このような「袖の白玉」は、伊勢だけが好んだ成句ではない。たとえば『古今集』巻十二にも、こんな例がある。

下《しも》つ出雲寺《いづもでら》に人のわざしける日、真静法師の導師にて言へりけることを歌によみて、小野小町がもとにつかはしける　安倍清行朝臣

つつめども袖にたまらぬ白玉は人を見ぬ目の涙なりけり

返し　小町

おろかなる涙ぞ袖に玉はなすわれはせきあへずたぎつ瀬なれば

事情はこうである。下つ出雲寺という寺である人の追善法会があって、その席で導師真静法師が『法華経』の「衣裏宝珠」のたとえを引いて説法した。それを聞いていた安倍清行という男が、その説法にことよせた歌を小野小町へ届けた。つまり、

人にさとられぬようにつつみ隠そうとするのですが、あなたに逢えぬつらさの涙は、袖につつみきれぬほど流れ出ます。

と言ったのである。もちろん、これはほんきの恋の告白ではない。清行のねらいは、いま聞いたばかりの「衣裏宝珠」の話をその場で歌にしてみせたところにあり、これに対して小町がどう応

答するかを試したかったのである。そこで小町の返歌はこうなった。

袖にたまらぬ涙ですって。とおりいっぺんのお気持ゆえその程度のことなのでしょう。故人をしのぶわたくしの涙は、せきもあえぬたぎつ瀬のように流れていますのよ。

表向きは、あなたの故人追慕の気持はその程度のことですか、と言ったように見せかけながら、あなたのおっしゃる「逢えぬつらさの涙」もその程度のことでは問題になりませんね、と切り返したのである。

このような、歌による男性からの挑発と、それに対する女性の手きびしい応酬とは、そのころの社交の場では珍しいものではない。これは一種のあいさつのようなやりとり。そしてこの清行の歌の中でも、「衣裏宝珠」のたとえは恋がらみの色合いで扱われ、やはり「袖の白玉」と詠まれている。当時の在俗の人の意識では、聞いたばかりの法話でさえも、そのレベルで受容され消化されるところがあったのだ。こうした土壌があればこそ、「衣裏宝珠」のたとえは、先に見た伊勢の歌のように、屏風歌の意匠となり得たり、恋の訴えの装飾となり得たりしたのである。

『法華経』は、当時の社会にもっともよく浸透していた経典である。それは、法華八講など各種法華会の盛行と深くかかわっていた。それに『法華経』にはたとえ話が多く、俗耳に入りやすいところがある。ことに「法華七喩」と言って七つのたとえ話はよく知られていた。「衣裏宝珠」もその七喩のひとつ。譬喩品の「三車火宅」、信解品の「長者窮子」、薬草喩品の「三草二木」などと共に、当時法会の席の説法には、よくとりあげられる話題だったのであろう。右の安倍清行の歌の詞書からは、事実それが法会の場で語られていることが知られ、しかもそれが在俗の聞き手によって「平安朝風」に消化されているさまもうかがわれて、興味深い。

先の『伊勢集』の三首など、今日の私たちには、そこに「衣裏宝珠」の話が踏まえられていることなど見落しそうなくらい隠微に言われているように見えるが、このたとえ話に親しんでいた当時の人々にとっては、ああ、『法華経』のあの話、と、これですぐにわかる言い方だったのである。

あいさつや贈答

方たがえ

平安中期の物語や日記には、「方《かた》たがへ」という風習がしばしば出てくる。これは、陰陽道から出た忌《い》みごとで、「ものいみ」と共に、そのころの人々によく守られた生活習慣であった。

陰陽道、と言っても、現代の私たちにはなかなか実感できないが、それは中国古代の陰陽五行説という原理に基いた、一種の学問である。万物は陰陽の二気より生ずると考え、木火土金水の五元素の消長によって、天地の変異を相したり人事の禍福を占ったりするのである。

当時の人々は、冠婚葬祭のような大事はもちろん、洗髪・爪切りのような日常の瑣事についてまで、陰陽道によって日を選んだ。個人の生活ばかりではない。国家の方策や公的行事についても、陰陽道のかかわるところは深かった。

そんなの迷信だ、とか、さぞわずらわしかったことだろう、と言うのは、現代の尺度で測ってのことである。そのころの人々にとって陰陽道は、福を招き禍を避けるための方途であって、そこから導き出されるさまざまな禁忌も、つまりはにんげんがこの世でわざわいに遭わず幸せに暮らすための、手だてであった。「方たがへ」や「ものいみ」が、当時あれほどよく守られているのは、それが生活上のしきたりとして違和なく定着していたことを示すものである。

「方たがへ」については、江戸時代の故実家伊勢貞丈の『貞丈雑記』に、比較的わかりやすい説明があるから、まずそれを見よう。

方違《かたたがへ》と云ふ、たとへば明日東の方へ行かんと思ふに、東の方其の年の金神に当るか、又は臨時に天一神太白神などに当り、其の方へ行くは凶《あ》しと云ふ時は、前日の宵に出《い》で人の方へ行きて一夜とまりて、明日其の所より行けば方角凶しからず、扨《さ》て志したる方へ行く也。方角を引きたがへて行く故、方違と云ふ也。

つまり陰陽道では、ある方角に立ちふさがってわざわいをなす神々がいる。これらの神々は、毎日あるいは時々居場所を変えて移動する。こんな凶神のいる方角を「方塞《かたふたが》り」と言い、当然のことながらその方角へ行くにんげんはわざわいに遭う。では、自分の行きたい方角をそれらの凶神が塞いでいたときはどうするか。前日いったん別方角の場所へ行って一泊し、方角を変えた上で改めて目的地へ向かう。これだと別方角から目的地へ行くことになるから、わざわいに遭わなくてすむ。このように、目的地への方角を変えることを「方たがへ」と言い、そのために前夜泊るところを「方たがへどころ」と言った。

右に見るとおり、『貞丈雑記』は、方を塞ぐ神として、金神・天一神・太白神の名をあげている。ここで、それらの神たちの性質を簡単に見ておこう。説明の都合上、『貞丈雑記』があげる順とは逆に、太白神からはじめたい。

太白神。『箋注倭名類聚抄』によれば、この神は「ひとひめぐり」と呼ばれる。「ひとよめぐり」と呼ばれることもあった。いずれにしても、毎日その居どころを変えるところから来た名である。そのめぐり方は、一のつく日は東、二のつく日は東南、三のつく日は南、四のつく日は南西、五のつく日は西、六のつく日は西北、七のつく日は北、八のつく日は北東、九のつく日は中央、十のつく日は天上。こんなふうに十日周期で、八方と中央・天上を巡行する。『大和物語』の第八段に、

逢ふことの方《かた》はさのみぞふたがらむひとよめぐりの君となれれば

と詠まれているのが、この太白神である。

次は天一神。これは「なかがみ」とも呼ばれ、天女の化身であるという。「中神」と書くこともあり、「長神」と書くこともある。『箋注』で見ると、この神は己酉（つちのととり）の日に天から降《くだ》り、東北隅に六日、正東に五日、東南隅に六日、正南に五日、西南隅に六日、正西に五日、西北隅に六日、正北に五日、それぞれとどまったのち、癸巳（みずのとみ）の日に天上に上る。天上にいること十六日、また己酉の日に地に降り、東北隅からはじめて八方を巡行する。こ

の神は、地上にいる四十四日間だけが問題。天上にいる期間は「天一天上」と言ってにんげんがこの神のわざわいに遭うことはなく、どの方角へ行くも自由である。『源氏物語』の箒木の巻や手習の巻に、この神の塞りの例が見られる。

金神は「こんじん」と読む。この名は「和名抄」には見えないが、『古事類苑』方技部で見ると、この神も年により季節によって居場所を変えたようである。金神については、その方角の土を取ってはいけないとか、家を造ってはよくないとか、造作に関する禁忌があったようである。ただ、平安中期の物語や日記類には、明らかにこの神にかかわる「方たがへ」の例は見当らず、『貞丈雑記』がこの神を天一神や太白神と並べてあげているのは、あるいは江戸時代からの推測による記述かもしれない。

このほか、たしかに平安時代に行なわれていた方角禁忌に、王相神にかかわる「忌《い》みたがへ」というものがある。王相神もやはり陰陽道の凶神で、この神のいる方角にわが家が抵触するときは、四十五日という長期間よそへ引き移らなければならない。『蜻蛉日記』や『和泉式部日記』に、この王相神にかかわる四十五日の「忌みたがへ」の例がある。長い逗留になるためか、『蜻蛉日記』の作者などは、この王相方の「忌みたがへ」の場合、いつも父倫寧の邸へ帰っている。ただし、この王相方による禁忌は、『蜻蛉日記』でも『和泉式部日記』でも「忌みたがへ」と言われていて、「方たがへ」とは呼ばれていない。そのころ、「忌みたがへ」と「方たがへ」にことばの上ではっきりと区別があったかどうか、なお厳密に詰めなければならないが、いまのところ私は、王相方の「忌みたがへ」と、天一方・太白方の「方たがへ」とは、区別したい気持を持っている。すなわちこのころの文学作品に「方たがへ」の語が出てきたら、それは天一神・太白神の塞りがあるためいったん別のところに宿り、方角を変えた上で目的地へ向かうことを言っているのであって、王相神の障りを避けてよそに長期滞在することまでを含むものではない、と考えることにしている。「方たがへ」とは、要するに目的地への方角を変えることを言うのであろう。

さて、よそに一泊して目的地への方角を変えるといっても、当時は、こんなときすぐに利用できるようなホテル・旅館のごとき宿泊施設はない。そこで「方たがへ」の必要が生じたときは、方角を変えるに都合のいい方面の、知人や身寄りの家に一晩泊った。

「方たがへ」の人を迎えた側では、宿泊の便を提供し、食事などの接待もしたようである。『古今集』には、「方たがへ」に行った家で衣類を借りて翌朝返すときに詠んだ歌、というのがある。また『枕草子』「すさまじきもの」の段には、「方たがへにいきたるにあるじせぬところ」とある。つまり「方たがへ」に行ったのにごちそうもしないような家は興ざめなものだ、というのである。ということは、ごちそうするのが普通だったのだ。

『方たがへ』は、方角を変えることが目的だから、それ以上身をつつしんだり行ないをつつしんだりする必要はない。そのころの人々にとって、よそへ「方たがへ」に行ったりわが家へ「方たがへ」の人を迎えたりすることは、気晴らしになったり久しぶりの交歓の機会になったり、という面もあったようである。

『伊勢集』には、そんな「方たがへ」の雰囲気を伝えて、こんな一首がある。

　　京極なる人の家に来て方たがふとて、そのわたりなる人に
　この里にしるべに君もいで来なむ都ほとりにわれは来にけり

このとき伊勢は、「方たがへ」のために京極にある知人の家に行った。その近くには別の知人が住んでいたので、そこへ歌を届けて、いま「方たがへ」に来ている、と知らせたのである。歌はこう言っている。

いま、こちらに来ています。この里の案内がてら、ちょっといらしていただけませんか。せっかくこうして都のはずれまで来たのですもの。

ここに「京極」とあるのは、東の京極か西の京極かわからず、また「京極」と呼ばれ得る南北に細長い区域の、どのあたりであったかもわからないが、とにかくそれは平安京域のはずれ。歌の感じからすると、伊勢のふだんの住まいからはかなり離れていて、日ごろはあまり来ることもな

いところであったか、という印象である。

旅、というほどでもないが、すこしばかり日常から離れたところで迎える臨時の一夜。常とはいくらか気分が変る。ましてその近くに親しい人が住んでいるとなれば、せっかくのついでに逢っていきたいなあ、と思う。この心の動き方は、私たちの経験の範囲内にもあるものだ。また、このおとずれを受け取る側の気持もよくわかる。それはあるとき不意に、実はいまお近くまで来ています、という電話をもらったときのうれしさに似ていよう。「方たがへ」という禁忌を私たちは知らないが、この一首のまわりにある状況は、充分に身近なものとして理解できる。そのころの人々にとって「方たがへ」は、たしかに生活を規制する忌みごとではあったけれども、一面またこのように、生活の中にとけこんだ習俗でもあったのだ。それゆえ「方たがへ」は、時にひそかな通いどころへ出かけるときの口実になり得た。「方塞り」は行きたくないところへ行かないための弁解にも使われた。

それにまた、天一神・太白神の「方塞り」は、絶対に動かしがたいという厳しいものでもなかったようである。『蜻蛉日記』には、「方塞り」であるにもかかわらず昼間兼家がやって来た、という場面が三例ある。昼間来るだけなら「方たがへ」しなくてもよかったらしいのだ。しかもそのとき兼家が、「御幣《みてぐら》でも奉ろうか。」などと言っているところを見ると、方を塞いでいる神に御幣を捧げて、泊ることを許してもらう、という便法もあったかに見える。もっともこの日、兼家は結局泊らずに帰っているし、こんなことは他の文学作品には見かけぬことだから、御幣云々は、兼家がその場で言って見せただけのリップサービスであったのかもしれない。

それにしてもこれら『蜻蛉日記』の例は、「方たがへ」という禁忌にも時に融通の利く余地があったらしいことを教えてくれる。先にも引用したが、

逢ふことの方はさのみぞふたがらむひとよめぐりの君となれれば

という『大和物語』の歌は、

なるほど「ひと夜めぐりの君」でいらっしゃれば、あちこちと一晩ずつのお泊り先があって、さぞかしこちらは方塞りになっていることでしょうよ。

ということで、女にこう皮肉られてはいたしかたなく、事実「方塞り」にあたっていたのだがやって来て泊った、という話になっている。こういう例外的なケースもあり得たらしい。

そしてこんな例外があり得たということは、この禁忌が生活の中にすっかり取り込まれ、かつ生活によって充分に消化されていた、ということを示すものであろう。「方たがへ」は、たしかにこの世でわざわいに遭わぬための大事な方途ではあったが、また一面、現世のにんげんにとってただ窮屈なばかりの忌みごとでもなかったのである。

庭のすなご

植込みの手入れをさせて庭にすなごをひかせたところ、特に縁故が深いというわけでもない人から、すなごの贈り物があった、という話が『伊勢集』の中にある。

そのころ貴族の邸宅の庭には、白い砂が敷きつめられていた。現在の京都御所紫宸殿の前庭、あの障るもののない白砂の庭から、当時の貴族の邸宅の庭の感じは推測できようか。その白い砂は、寝殿《しんでん》の前庭だけでなく、池水の底にも敷かれていたという。

砂、と書いたが、ほんとうはこの文字をここには使いたくない。砂、と言ったのでは、たとえば幼稚園の砂場で見るような、土色の微塵の砂を想像されそうだから。そのころの庭に使われたのは、あんなに粒子の細かい砂ではない。肉眼でらくに一粒ずつが見分けられるような大きさ、むしろ「砂利」。それに純白といいたいほどに白い粒である。雨の日に手に取っても、指をよごすことがない。当時はそれを「すなご」と呼んだ。

庭のおもてにすなごを敷きつめさせることを、『伊勢集』では「すなごひかせける」と言っている。「すなごひく」、これが当時の言い方だった。「ひく」には、隅々まで行きわたらせるとか、でこぼこがないように平らに均らすという意味があって、ここはその「ひく」である。

伊勢邸で前栽を植えさせてすなごをひかせたとき、「家人《いへびと》にもあらぬ人」からすなごが届けられたという。「家人」とは、「家来筋の人」というような意味のことばだが、ここでは「特に親しいつきあいのある人」というほどの意味で使われているようである。つまり伊勢の側ではそれほど身近な範囲の人とは思っていなかった人物が、庭の手入れのことを知ってすなごを届けてくれた。そのときの「思いがけない」という気持が、この「家人にもあらぬ」ということばとなったのであろう。現在の『伊勢集』は他撰の集と考えられているが、こうしたところには、かすかに伊勢の心情も伝えられているようである。

それにしても予期せぬ人からの予期せぬ贈り物。伊勢は恐縮もしましたよろこびもした。そしてこう歌を詠んでいる。

荒磯海《ありそうみ》の浜にはあらぬ庭にても数知られねば忘れてぞ積む

わが家の庭が、荒磯海の浜にたとえられるようなりっぱな庭でないことも忘れて、いただいたたくさんのすなごを積んでおります、と。

後代の石庭や枯山水の庭園では、白いすなごは海や川を表わすことが多いが、この歌で見ると、伊勢のころもすなごの庭には海のイメージがあったようだ。わたくしの庭は決して荒磯海の浜になぞらえられるような庭ではありませんがと、伊勢は謙抑なことばで詠み出す。思いがけなく寄せられた好意に対する、やや改まったあいさつだ。しかしまた下句では、「数知られねば忘れてぞ積む」と率直にうれしさを述べている。相手に配慮して行き届いた謝礼のことば、これはすなごの贈り主にとっても、うれしい返歌であったにちがいない。

なお、この歌で「積む」と詠まれているのは、運び込まれたすなごを、庭のそこここに山のような形にまとめて置いたからである。すなごは、いきなり庭に撒き散らすのではなく、幾ところかにまとめて積み、あとで庭全体に均一にひくのである。いまでも京都の小さな寺などでは、すなごをひいた坪庭の端に、予備用のすなごの山が積まれているのを見ることがある。

『伊勢集』歌仙家集本は、このすなごの贈り主を「あきかたの少将」としている。『尊卑分脈』などでいろいろ探してみたが、結局該当しそうな人物を探しあてることはできなかった。ただ、このできごと全体から受ける印象を言えば、このとき伊勢はかなりの年輩、すなごの贈り主は年下の男性ではなかったかという気がする。伊勢は晩年、藤原敦忠や朝忠・雅正というような、自分の子どもぐらいの世代の人々とも親しく歌を詠み交しているのだが、このすなごの贈り主も、あるいはそのくらいの世代の人ではなかったろうか。どこか、伊勢晩年の身辺か、と思われるような雰囲気がこの挿話からは感じられる。

伊勢のころの歌や歌語りの中には、すなごの庭のことはまったく出てこない。だから私たちは、当時の白い庭のことなど念頭になくて歌や歌語りを読んでしまう。そうした中で『伊勢集』のこの一首は、当時造庭の際にたしかにすなごが使われたこと、しかもそれが贈り物にさえなったことを伝え、またすなごを「ひく」ことや「積む」ことまで語って、唯一貴重な例である。

もっとも、いますこし時代が下れば、『源氏物語』や『栄花物語』などに、すなごの庭は出てくる。たとえば『源氏物語』若紫の巻、幼い紫上が北山から二条院へ迎えとられた場面。紫上に付き添ってきた乳母が、二条院の庭のすなごの「玉を重ねたらむやうに見えてかがやくここち」するのに気おくれを覚える、というような描写がある。なるほど、北山の小柴垣の庵から出てきたばかりの乳母の眼には、二条院のすなごの庭は、まばゆいばかりのものと映ったのだ。このほか、「すなご」ということばこそ使われていないが、須磨の巻や若菜上などに「いと白き庭」とあるのは、やはりすなごをひいた庭のことを言っているのである。

こうしたすなごの庭は、月のある夜、ことに美しい。すなごの粒ひとつひとつが月光を吸いとって、いよいよその白さが冴えるのだ。『紫式部日記』にいい例がある。後一条天皇誕生のときの道長邸土御門殿の夜の庭。若い殿上人たちが女房たちを誘って舟に乗せて遊ぶところ。誘われてすぐ舟に乗る女房もあれば、しりごみしてとどまりながら、さすがに羨しそうに見出している女房もある。ちょうど長月十六日の夜、白い庭には月が照りわたってそれは美しかった、と紫式部は書いている。そのころ、出産にかかわる調度衣服等はみな白を用いるならわしで、この夜も女房たちはみな白一色の装束であった。白いすなごの庭に白いよそおいの女房たち。十六夜の月の下で、それはまことに夢のような光景であったにちがいない。

京都の東北郊外、北白川から一乗寺・修学院あたり、すなわち白川の源流域一帯の地層からは、白川石という美しい花崗岩を産出する。この白川石は、黒雲母の粒が非常に小さい上に、長石の白が冴えてまことに清浄な色合いを持つ。もともと白川が「白川」と呼ばれたのも、この花崗岩の風化した砂が、川床を白く見せていたからだ。この白川石の風化したものを白川砂と言い、その白川砂が平安貴族たちの邸宅の庭にひかれたすなごであった。白色長石の見事な白さ。伊勢や紫式部が見たのは、この白川砂の白さであった。

もう十年ばかり前になるが、京都から大津まで、むかしの志賀の山越え道のあとを車で通ったことがある。北白川から山中へすこしのぼったあたりにも、白川石の採石場あとが何か所かあった。あのあたりの地層から、白いすなごは生まれたのである。

もっとも、狂言の「萩大名」では、東山辺のさる数奇者《すきもの》が庭のすなごのことを聞かれて、「備後砂でござる」とうれしそうに上を向いて答えるところがある。白いすなごは白川砂とばかりかぎるわけではない。しかし平安貴族の邸宅の庭にひかれたすなごの多くは、やはり地元に産する白川砂であったろう。と言うより、手近なところにこんなに白い石を豊富に産出したことが、そのころのすなごの庭を生み出したのであろう。もし都にこれほど近いところに、こんな美しいすなごを産することがなかったとしたら、当時の貴族の邸宅の庭園はまた異なる意匠で造園されていたにちがいない。

さらに言えば、そのころ庭にすなごをひくという習慣は、案外実用的な理由に支えられてもいたのではないか。乾いた日の土埃、雨の日のぬかるみ、雑草のはびこり方、落葉の始末などを考えたとき、すなごの庭の利点は大きい。まして男性も女性も裾を引く衣服をまとっていたこの時代、それはたしかにほこりっぽい土の庭よりも都合のいいところがある。当時のすなごの庭については、材料の入手のしやすさと共に、こうした生活上の利便など実際的な側面も考慮に入れてみる必要があろう。少なくとも伊勢のころのすなごの庭は、かなり実用的な存在意味を持っていたように思われる。

いますこしその実際面の話をすれば、白いすなごの庭を白いままに保つためには、それなりの管理が必要である。知り合いの造園家に聞いたところでは、すなごの庭は油断するとたちまち苔に侵されるという。排水や清掃に気をつけ、時々はすなごを補わなければならない。今日でもすなごの庭を持つ寺院などで、熊手のような歯のついた道具を使ってすなごの面に筋目をつけているが、あれは美観のためばかりではなくて、すなごの庭をすなごの庭として保つための保全作業でもあるのだ、とその人は言っていた。

そう言えば『源氏物語』柏木の巻には、すなごの薄くなったものかげから蓬が生え出して「ところ得がほ」であると書かれたところがある。当時のすなごの庭の片隅には、そんな状態が見られることもあったのであろう。

なお、時代はずっと下るが、西行にすなごの庭についての一首があるから、ついでに紹介しておきたい。

われもさぞ庭のいさごの土遊びさて生ひたてる身にこそありけれ

『聞書集』にある歌で、「嵯峨に住みけるにたはぶれ歌とて人々詠みけるを」という詞書を持つ一連十三首の中の一首である。庭のすなごで遊ぶ幼児を見ての作であろう。わたしもあんなふうに、庭のいさごの土遊びをして成長してきたのだった、と詠んでいる。この「たはぶれ歌」一連には麦笛や竹馬など幼いころの遊びが回想されていて、「庭のいさごの土遊び」もそのひとつとして詠まれたもの。これによって貴族の邸宅のすなごの庭は、当時の子どもたちの「砂場」でもあったことが知られる。同じころ俊成や定家は、すなごの庭を「玉しく庭」と詠み、これに影響されてか以後の歌人たちには、「玉しきの庭」ということばが使われるようになるのだが、そんな時期に、「たはぶれ歌」とは言いながら、「庭のいさごの土遊び」を詠んでいるところが、いかにも西行らしい。

伊勢の歌や西行の歌から、それぞれの時代の生活の中にあったすなごの庭のようすが知られるのはおもしろい。この白い庭が、こうした日常の実用性から完全に離陸して、ひとつの強烈な美意識を主張するようになるのはさらに後代のこと。銀閣寺の銀沙灘や龍安寺の石庭まで待たなければならない。

贈り物いろいろ

この世のさまざまな人間関係の中にあって、折にふれ事につけて贈り物をするのは、むかしもいまも変らぬ生活上の習慣である。伊勢のころの人々は、その贈り物に歌を添えた。『伊勢集』の中にも、贈り物に添えて詠まれた歌はたくさんある。贈られた物でもっとも多いのは花のたぐい。「さくら」「山ざくら」「なでしこ」「菊」など、具体的な花の名が詞書の中に出てくる。なんの花とも言わず、ただ「花」とだけ言われている場合もある。花を贈られて返礼に詠んだ歌もある。贈り物に花が多いというこの傾向は、この時代、おそらく他の人の家集においても同様ではないか。当時の花は、栽培技術によって花期を変えたりなどされないから、みなそれぞれ本来咲くべき季節に咲いた。その花を贈るのは、花の美しさと共に花による季感をも贈ることであった。

なでしこのおもしろきを隣へやるとて

いづこにも咲きはすらめどわが宿のやまとなでしこたれに見せまし

自宅の庭のなでしこが美しく咲いた。それを隣家へ届けるのに、なでしこなどどこにも咲きましょうけれど、あまりにきれいで、どなたかにお目にかけたくて。

という歌を添えたのである。これと似たことは、現代の私たちでも日常的にしている。ただ、その際のあいさつを歌でもってしたのが平安朝貴族社会の人々であり、垣根越しに口頭でもって言うのが、千年のちの代の庶民たちである。

わが家を人のになしてのち、花をやるとて
花のいろのむかしながらに見ゆめれば君が宿とも思ほえぬかな

家を人手に渡して、その家の新しい住人となった人に贈った歌のようである。伊勢には、家を売って詠んだというよく知られた一首があり、それは『古今集』に収められているから、おそらく三十歳ぐらい以前の作と思われるのだが、それとこの歌が関連するかどうかはわからない。すでに人のものとなった家を「君が宿とも思ほえぬかな」と詠むのは、いまだにそこがわが家のような気がすると言っているわけで、「花のいろのむかしながらに見ゆめれば」のむかし恋しさの表出など、なにか背後事情の気になる歌だが、具体的なことはわからない。贈られたのがなんの花であったかも、わからない。

また、こんな贈り物もある。

わらびを人にやるとて

わがためになげきこるとも知らなくになににわらびを焚《た》きてつけまし

『源氏物語』早蕨の巻の冒頭には、宇治から京へ、早春の贈り物としてわらびやつくしが届けられる場面がある。わらびは花に劣らず季節感のあるもので、これを贈る伊勢の心の弾みは、歌の修辞によく現われている。すなわち、「長息凝《なげき》る」に「投げ木樵《こ》る」を懸け、「藁火」に「蕨」を隠し、「藁火」の縁で「焚きてつけまし」と詠んだもの。歌意としては、

わたくしのために、そんなに嘆き凝る思いをしてくださるとは存じませんでした。それではわたくしは、なにに藁火をたきつけて思いの火を燃え立たせましょうか。

というどこか恋めいた雰囲気。実は作者は、歌の意味よりも、「蕨」をアピールしたこのことばの技巧を楽しんでほしいのである。このころの人々は、贈り物そのものにも趣向を凝らしたが、その贈り方をもおろそかにせず、贈り物に添える歌にもこのようにかならずおもしろい見どころを工夫した。

このほか『伊勢集』では、ごく実用的な贈り物の例も拾うことができる。

人のもとに炭やるとて

年を経て思ひは隅にありながら燠火《おきび》はつかぬものにぞありける

歌意のわかりやすさを考えて、ここは歌仙家集本から掲出した。「思ひ」に「火」を、「隅」に「炭」を懸けている。ずっと心にはかかりながら思い立つことがありませんでした、という無沙汰をわびたメッセージ。贈り物の炭に添えて、炭にかかわる懸詞や縁語で詠んだ歌だ。先の「わらび」の場合もそうだが、こんなつきあいは、贈る側にも贈られる側にも、歌を楽しみことばを楽しむ心がなければ成り立たない。

実用的な贈り物として、もうひとつ珍しい例をあげよう。

ものへ行く人にかつらをやるとて
ゆづりにし心もあるを玉かつら手向《たむ》けの神となるぞうれしき

どこか旅に出る人へ「かつら」を贈ったのである。「かつら」とは、今日言うところの「かもじ」のこと。頭髪が乏しかったり短かったりするとき、これを補うために添える別の毛髪のことだ。「手向けの神」とは山の峠に祀られている神。旅人はそこに幣《ぬさ》を手向けて、道中の無事を祈った。これは旅ゆく人へのはなむけだから、その「手向けの神」に「髪」が懸けられている。

「かつら」が送別の贈り物とされる例は、『源氏物語』蓬生の巻にも見える。末摘花は侍女が筑紫へ下るとき、抜け落ちた自分の髪で「かつら」を作らせ、「九尺余ばかりにていと清らなるを」与えている。抜け落ちた髪で果して九尺余にもなるような長い「かつら」ができるだろうかと、すこしこころもとない気もしないではないが、それはともかく、こんなふうに「かつら」が贈り物になるというのは、現実にその需要があったからに相違なく、こうした例にぶつかると、歌そのものよりも、当時の「かつら」の使われ方の実態の方が気になってしまう。

この時代、髪の長いことは美女の要件のひとつであった。『大鏡』が伝える村上天皇の女御芳子の髪の長さは有名で、参内の折、自身は車に乗ったのに髪の末はまだ寝殿《しんでん》の母屋《もや》の柱のもとにあったというから、たいへんなものである。それほどまでの長さでなくとも、身の丈に何尺余る髪、という形容は、このころの物語によく出てくる。こんな環境の中では、たしかに「かつら」の必要もあったわけである。

『枕草子』の「積善寺供養」の段には、

つくろひ添へたりつる髪も唐衣《からぎぬ》の中にてふくだみ、あやしうなりたらむ。色の黒さ赤ささへ見え分かれぬべきほどなるが、いとわびしければ、

と書かれたところがあって、清少納言自身「かつら」の使用者であったらしいことが推察される。「色の黒さ赤ささへ見え分かれぬべき」とあるのは、地髪の黒さと「かつら」の毛の赤っぽさのちがいが目立ってさぞ見苦しいことだろう、と気にしているのである。

ではいったい、そのころ実際には、どんな形状のものをどんなふうに使っていたのだろうかと

気になって、服飾専門の女性研究者などにたずねてまわったのだが、結局実証的にはその実態はわからず、おそらく形状は現在能で使われている「長かもじ」のようなもの、これを、能で長鬘《かつら》に「長かもじ」を付けるときと同じような要領でくるむようにしてつなぎ、元結を使って結びつけたのではなかろうか、という推測に落着いた。平安朝の女性たちは、その長い髪を常は唐衣の中に着こめていた。それゆえ「かつら」を補った人の場合、あまり時間がたつと「唐衣の中にてふくだみ、あやしうなりたらむ」という心配も生じたのであろう。つまりここで言われているのは、「かつら」を添え足した髪が着こめた背中のあたりでおかしなことになっているのではないか、という懸念。それは当人にしてみれば、しんじつ気が気でない状況だったわけである。

物名歌いろいろ

『古今集』のころの和歌には、「物名《もののな》」と呼ばれる一詠法があった。一首の歌の中に、その歌の意味とは直接かかわりのないものの名を、隠し詠みこむ詠法である。では懸詞《かけことば》のようなものか、と思われるかもしれない。しかし物名と懸詞は似て非なるもの、その違いは、実例で見た方が早そうである。

音にのみきくの白露よるは起きて昼は思ひにあへず消《け》ぬべし

これは『古今集』恋の部にある素性法師の歌だが、ここにある「音にのみきくの白露」が懸詞である。ここでは「音に聞く」と「菊の白露」というまったく別個の文の、音の共通する「きく」の部分が重ね合わされて一語になっている。つまり「聞く」に「菊」を言い懸けている。この場合大事なことは、音の上では一語になった「きく」が、意味の上では「聞く」「菊」と二語にはたらいているという点である。

物名歌の例には、『古今集』物名部の伊勢の歌をあげよう。

波の花沖から咲きて散りくめり水の春とは風やなるらむ

歌題は「唐崎」という地名。詠まれた情景は水辺早春。沖から岸へ寄せくる波を花にたとえて「沖から咲きて」と詠んでいるが、この付点のところに「からさき」という地名が隠されている。このとき「からさき」という地名は、一首の歌意に直接関与することがなく、ことばとして歌の表面に現われることもない。それはあくまで隠し詠みこまれたことばだ。この隠し絵のような詠法が、物名歌である。そこでは、課せられたことばが、意外なところに意外な形ではめこまれていればいるほど、物名歌として成功したことになる。

先に「流人送別」のところで、善祐法師伊豆配流の際、伊勢の詠んだ歌が「伊豆」という地名を詠みこんだ物名歌になっていたのを見た（56頁）。それは、配流というやや例外的な局面で詠まれた物名歌であったが、この時代には、もっとふだんのあいさつや贈答の場で、しばしば物名歌が詠まれている。たぶんそれは、このころ懸詞や縁語などのことばの技法に関心が持たれたこととも通底する現象であったと思われる。歌の中でのことばづかいのおもしろさに、人々が非常な興味を持った時代だったのだ。

当時の物名歌は、私的日常の場だけでなく、歌合の場でもおおいに楽しまれた。「亭子院女郎花合」「宇多院物名歌合」「敦慶親王前栽合」などにおいて、その具体例を見ることができる。『古今集』が物名の部を立てて、全二十巻のうち一巻をこれにあてているのも、そうした時代の流行を反映したものといえよう。しかもそれらの場では、一首三十一文字の中に四つの植物名を隠しこむとか、九文字のことばをはめこむとか、なかなか難度の高い課題もあったことが知られる。このころの歌人たちは、わざわざ作歌の際のハードルを高くして、苦しんだり楽しんだりしていたようである。

ただ、物名歌というのは、歌意との関係をまったく断ってことばをパズル的にはめこむわけだから、歌のことばに無理がいって歌意がわからなくなったり、歌意を通すためにものの名が充分に隠しきれなかったり、ということが起りやすい。そこで、音の清濁の違いや多少の音のずれは大目《おおめ》に見ておく、ということもあったようで、それも、苦しんだり楽しんだりの一側面かと思われておもしろい。

さて、『伊勢集』の中の物名歌の話をしなければならない。

そこには、歌合もしくはそれに近い歌遊びの場で課題詠として詠まれたものと、私的日常の場で詠まれたものとの二種類があるが、ここでは私的日常の場の物名歌の種々相を見てみよう。

まず、贈り物に添えた物名歌がある。

かにひの花につけて

花の色の濃きを見すとて扱《こ》きたるをおろかに人は思ふらんやぞ

「かにひ」は、「をみなへし」や「なでしこ」と共に、このころよく歌に詠まれた花である。『枕草子』「草の花は」の段にも出てくるが、今日で言えばなでしこ科のガンピであろうと私は考える（『伊勢集全釈』一九九六年・風間書房参照）。

歌意は、この花の色の濃いところをお目にかけたくてお届けするのですよ、というほどのこと。「おろかにひとは」に花の名が隠されている。贈った側としては、花の美しさだけでなく、このことばのはめこみ方の手際も、よく見てほしいところであろう。

次は旅先での歌。

宇治殿にて

水もせに浮きぬるときはしがらみに内《うち》の外《と》のとも見えぬもみぢば

伊勢には、大和への旅の途中で山の辺や伏見などの地名を詠んだ歌があり、これもそうした折の作かと思われる。「宇治殿」は当時源融の別業であったところ。現在の平等院のあたりであったらしい。「しがらみ」は、水流を堰《せ》くために流れの中に立てた柵のこと。そのしがらみの内側にあるのか外側にあるのかわからないほど、川面いちめんに紅葉が散っていることよ、と詠んでいる。この「内の外の」に「宇治の殿」がある。即興的に詠まれたものながら、意図したことばが実に巧みにはめこまれていて、伊勢の技術力のたしかさが窺われる作である。

こんどは送別の歌。

甲斐へゆく人に

君が代は都留《つる》の郡《こほり》に肖《あ》えて来ね定めなき世のうたがひもなく

「うたがひもなく」に「甲斐」が隠れている。「都留」も甲斐の国の地名だが、これは懸詞で「鶴」を懸けたもの、その鶴にあやかって千年のよわいを受けて帰って来てください、と言っている。都を発ってはるばるの他国へ下る人を、いたわり励ますこころである。このように、送別の場で相手の名前や行く先の地名を物名として詠みこむことは、当時よく行なわれていて、『古今集』巻八離別の部には、その実例がいくつも見られる。

そしてもう一首、人の死にかかわって詠まれた物名歌がある。引用は群書類従本から。

在原のとしはるがなくなりにけるを聞きて

かけてだにわが身の上と思ひきや来む年春の花を見じとは

「在原のとしはる」は、業平や行平らと同族の人と思われるが、その人を特定できない。伊勢との関係も不明である。歌意は、来年の春の花を見ることがないだろうと、かつてわが身の上のこととしてお思いになったでしょうか、ゆめにもお思いにはならなかったでしょうに、ということ。世のはかなさを悲しみ、なくなった人を悼んでいる。故人の名がどこに詠みこまれているかは、言うまでもあるまい。

この一首、「としはる」の遺族へ贈られた弔問歌であったのか、その死を伝え聞いての哀傷歌であったのかはわからないが、そのいずれであれ、これは人の死を悼み悲しむ歌であって、ことば遊びやたわむれの歌ではない。物名歌といえば、とかくことばの遊戯性という観点からのみ語られやすいのだが、たとえば先の善祐配流のときの歌（56頁）といい、ここの「甲斐」の歌といい、さらにこの「としはる」の歌といい、このような重い場面で、いたわりや哀悼のこころを述べた物名歌も、このように存在するのである。

暦のことなど

閏月

いま私たちが従っている暦には、閏年というものがある。四年に一度、二月が二十九日になる年のことだ。正確に言えば、機械的に四年に一度ではない。四百年に三回だけは、四年ごとの閏年をやめて平年にしている。

閏年が設けられるわけは、太陽や地球や月という天体の運行の周期と、にんげんが人為的にきめる暦とのあいだに、どうしてもずれが生ずるため、そのずれを調整しなければならないからである。

いまにんげんは、一日を二十四時間としているが、地球が太陽のまわりを一周するには、その尺度で計って三百六十五日と五時間四十九分ほどかかる。にんげんの暦は一年を三百六十五日ときめているから、そこに五時間なにがしという端数――これを端数というのはまったくにんげんの側の勝手なのだけれど――が残る。この端数が積もると四年目には二十四時間ほどになる。つまり四年で一日分が浮く。そこで四年ごとに暦の日数を一日ふやして三百六十六日とし、このずれを吸収する。しかし厳密には、それでは吸収のし過ぎになるので、四百年に三回、閏年をやめるというさらなる微調整を行なう。これが現行太陽暦の閏年の設け方である。
伊勢のころ使われていた暦は、現行の太陽暦とはまったく別の方式できめられたもので、正しくは太陰太陽暦という。それは古代中国で創案された暦制で、月の運行にもとづいて一か月をきめ、それと太陽の運行（実は地球の公転）とのあいだに折り合いをつけた暦制である。ふつう太陰暦と言われることが多いので、月の満ち欠けだけに関係する暦制と思われがちだが、実は太陽の運行も関係している。いや、太陽の運行が関係するから、閏月を設けないわけにはいかない暦制なのだ。

閏月の話に入る前に、この国の暦の歴史を簡単に見ておこう。わが国で正規に暦が採用されたのは、持統天皇六年（六九二）。それから明治五年（一八七二）まで、約千二百年にわたって太陰太陽暦が使われてきた。太陽暦時代に入ってからはまだ百三十年ばかり。太陰太陽暦時代の方がはるかに長い。

ただし太陰太陽暦と言っても、実はいろいろの種類があって、千二百年にわたるこの国の太陰太陽暦時代には、九種類の暦が使い継がれてきた。中には、わずか四年間という短命な暦もあったが、もっとも長く使われたのは、清和天皇の貞観四年（八六二）から江戸時代の将軍綱吉のころまで、約八百年にわたって採用された宣明暦である。伊勢は、この宣明暦の使用開始から十数年あとに生まれている。

さて、太陰太陽暦では、月が地球のまわりを一周する期間を一か月とする。つまり、月の朔から次の朔の前日（すなわち晦）までが一か月である。月の朔から晦までと言っても、その周期は厳密に一定したものではないらしいが、平均値で言えば二十九日と十二時間四十四分あまりになるという。ここでも十二時間なにがしという端数が生ずるが、これは大の月（三十日）と小の月（二十九日）を設けることで調整した。

しかし、これで十二か月が経っても、その総日数は三百五十四日ぐらいにしかならない。一方、一年という単位は地球が太陽のまわりを一巡する周期できまり、それは三百六十五日となにがしだから、そこに十一日ばかりの不足が生ずる。つまり太陰太陽暦では、月の朔から晦までが十二回経めぐっても、地球はまだ太陽のまわりを一周し終っていないわけで、そこに生ずる十一日ばかりの差を、暦の上でそのまま放置すれば、やがて紅葉のころが正月になり、真夏のころが正月になり、季節がどんどんずれて行ってしまう。

そこで太陰太陽暦では、閏月というものを設けてそのずれを調整した。閏月の置き方の詳細は省くが、宣明暦で言えば、およそ三十二か月から三十四か月の間隔で閏月が入る。このような月単位の調整だとその影響が大きくなりすぎるのだが、この暦法では月の朔から晦までを一か月とするというのが基本だから、調整も月単位で行なわざるをえず、現行太陽暦のような一日単位のきめこまかな調整ができないのである。そのため太陰太陽暦では、平年は十二か月、閏年は十三か月ということになり、年間総日数も、平年と閏年では二十八日から三十日ばかりも違うことになった。

こういうわけで、伊勢のころの人々は、およそ三年に一度、どうかすると二年に一度は閏月というものを経験した。閏月はどの月にでも設けられるから、閏正月ということも閏十二月ということもあり得た。

『伊勢集』には、閏月にかかわる歌が二首ある。まず、そのひとつ。

やよひふたつある年

さくら花春加はれる年だにも人のこころにあかれやはせぬ

三月に閏月があった年、さくらのころに詠まれた歌である。

近年は気象庁がさくらの開花予想というものを発表して、今年は平年より早いとか遅いとか予報する。これは、暦の上でたとえば四月一日なら四月一日という日付が、毎年同じ時期（太陽が黄道上のほぼ同一点にくる時期）ときまっているから、平年より早いとか遅いとか比較できるわけである。
ところが太陰太陽暦では、毎年同じ時期に同じ日付が来るとはかぎらないから、さくらの方では毎年同じ時期に咲いても、暦の上では年によってそれが二月末であったり三月半ばであったり、ということが起こる。『古今集』巻三夏の部には、「卯月に咲けるさくらを見てよめる」という詞書の歌があるが、これなども——詠まれた年次がわからないから断定はできないが——、あるいは暦の都合によってさくらの開花が夏（卯月）になってしまった例かもしれない。もっとも、いかに太陰太陽暦とは言っても、そう大幅に季節とずれるものではなく、さくらの咲く時期ならおよそ三月の範囲におさまるのが普通であった。
右の伊勢の歌も、たぶんはじめの三月に、さくらの咲いたのを見て詠まれたものであろう。常の年ならば正月から三月までの三か月が春にあたるが、この年は閏三月があるので春が四か月あることになる。それを「春加はれる」と言ったのである。

さくら花よ。春がひと月加わるこの年ぐらいは、せめて人の心に満足されるまで長く咲いてはくれないか。

と花に訴えかけている。このあともういちど閏三月が来るのだから、それまで咲いていてはくれまいかと、そんな言い方で花を惜しむ気持を詠んだのだ。

この歌は『古今集』に収められているから、『古今集』成立以前に詠まれた歌とわかる。そこで『日本暦日原典』（内田正男　雄山閣）にあたって、『古今集』成立以前で伊勢の活動期間と思われる範囲を調べてみると、延喜四年（九〇四）に閏三月が設けられていた。右の歌はその年に詠まれたはずである。ちょうど『古今集』成立の前年である。

こんなことが手がかりになって、ある一首の詠まれた年次がわかるというのはありがたい。年次がわかれば、そのころの伊勢の身辺状況もある程度わかる。

この歌を詠んだとき伊勢はおよそ三十歳。宇多帝はすでに出家、この延喜四年に仁和寺に御室が完成して、以後はそちらが法皇の常御所となる。七条后温子はこの前年に朱雀院を去って七条の亭子院へ引き移っているから、右の歌を詠んだころの伊勢は、亭子院にあって古参の女房として温子に近侍していたはずである。そのころ温子の身辺はさびしかった。この翌年温子は落飾、さらに二年後に世を去る。右の歌は、このような伊勢の女房時代の終り近いころに詠まれたもの、ということになる。

もう一首の閏月の歌は、こうである。

五月《さつき》ふたつある年

さみだれのつづける年のながめにもものの思ひあへるわれぞわびしき

伊勢のころの暦では、五月がおよそ梅雨期にあたる。「さみだれ」とは、そのさつきのころに降りつづく長雨のことで、「五月雨」と書くこともあった。

五月がふたつあるからといって、梅雨がその年だけ特に長くつづくわけではない。梅雨は自然の気象現象だし、閏五月はにんげんの側の暦の都合である。けれども、もの思うことのあるとき降りつづく雨を見ていると、人の心はいよいよ沈んでいってすべもない。心の重さと雨の暗さと。「もの思ひあへるわれぞわびしき」とは、その両方が重なって心はさらに沈むばかり、ということだ。

先のさくらの歌は、はじめの三月――閏三月より前の三月――に詠まれているような気がするが、これは閏五月に入ってからの歌かもしれない。降りつづく長雨のように、晴れやらぬ思いを抱えつづけてここまで来た、しかしなおいまだ、いつ晴れるともしれぬわびしさの中にいなければならないと、長雨の底の吐息のような歌である。

では、この歌も、前の歌のように詠まれた年をつきとめることができるだろうか。やはり『日本暦日原典』にあたってみる。先の歌は『古今集』にとられていて下限の線を引くことができたが、これにはそうした条件がないから、伊勢の全生涯と思われる範囲を調べなければならない。

調べてみると、宇多天皇の寛平五年（八九三）、醍醐天皇の延喜十二年（九一二）、朱雀天皇の承平元年（九三一）にそれぞれ閏五月があった。伊勢の年齢で言えば、二十歳すこし前、三十代後半、五十代後半、という時期にあたる。しかし、右の歌がこの三回のうちのどの年に詠まれたか、これ以上は詰められない。歌の「もの思ひ」がもし恋にかかわるものならば、あるいは若いころの作か、という気はするが。

そのころの人々は、思いの外に閏月を歌に読むものであったらしい。『古今六帖』は伊勢よりすこしあとの時代に、作歌手引のために編まれた類題和歌集だが、その第一帖歳時部には「うるふ月」という題があって、七首の例歌があげられている。七首のうち二首は、ここで見てきた伊勢の歌。ほかに六月の閏については、その年は水無月晦日が二回あるわけだから、織女星ははじめの六月で牽牛に逢うためのみそぎをし、閏六月で一般の人と同じみそぎをするがよい、と詠んだ歌が収められており、閏十二月については、これがなければいまごろ鶯が鳴いているだろうにと詠んだ歌が収められている。閏月という暦制上の約束ごとが、人々の生活感情の中に根づいているさまがうかがわれておもしろい。

春がくる

一月の半ばから立春を過ぎて二月の中ごろまで、この時期の光の明るさが、私は好きだ。それというのは、冬至前後の太陽の暗さがつらいからである。あのなんとも言いようのない光の薄さ、加えて日暮れの早さ。寒いのは別にかまわないけれど、地面にものの影もはっきり刻めないような光のはかなさだけは、心細いの一語に尽きる。なにをおおげさな、と言われそうだからなるべく口に出さないことにしているけれども、冬至のころの天地の暗さは、なにか他界ののように心を脅かす。情ない話ながら、これは誇張ではない。

だから、冬至という日を待ちつけると、ほんとうに安堵する。もう太陽はこれより遠くへは行かない。あとはもどってくるばかり。これほど確実に、ものごとがよい方向へ動くと安心していられる局面は、この世にそう幾度もあるものではない。

正月過ぎるころの光のきらめき。たしかに太陽はもどりはじめていて、さす光線の角度が日に日にちがってくる。窓に入る光の明るさ、庭に落ちる木の影の濃さ。「光の春」ということばは、このころのものだ。

この時期の光は、水の上にさすときもっとも美しい。近くに湧水池を持つ公園があって、この時分はよくそこへ足を向ける。梢も岸辺の葦も極寒の姿で、事実寒さはそのころがもっともきびしいが、水のおもての光はまぶしい。さほど大きくもない池ながら、こうしてたたえられた水にはおのずから波というものが生まれて、岸には小さく波が打ち返している。風が走ってさざなみが立ち、そこにきらめく光。またそののちにおさまる光。ああ、安堵というものはこんなかたちをしている。

太陰太陽暦時代の人々は、ちょうど光の美しいこのころに古い年を送り、新しい年を迎えた。『伊勢集』には、春を待ってこう詠まれた年末歌がある。

関越ゆる道とはなしに近《ちか》ながら年にさはりて春を見ぬかな

春のやってくる道は、関を越える道というわけでもないものを、「年」というものが関のようにたちふさがって、すぐそこまで来ているはずの春を、なかなか見ることができないなあ、と詠んでいる。春を待って、待ちかねるこころが言わせたことばである。

ここで伊勢は、春というものを、まっすぐな道をやってくる旅人かなにかのようなものとしてとらえ、暦の上の「年」という関を越えないかぎりそれがこちらへ姿を見せることはないのだ、と言っている。

『古今集』のころの人々のこうした歌の詠みようは、機知とか趣向とか言われることがあるけれども、このころの人々は、ほんとうにこんなふうに具体的な形で時間や季節を実感していたのだ。これは、作歌技巧としての機知や趣向ではない。春を擬人的にとらえるのは、それを待つこころが切実だからであり、暦の上の「年」をたちふさがる関かのように言うのは、それを越えないかぎり春にはならないのだと、ほんとうにそう考えていたからである。その実感に即して言おうとすれば、このように具体的なものに擬した比喩にならざるを得ない。年が明けなければ春ではない。しかし年が明ければ春なのだ。やはり春は近づいてくる旅人のようなものであり、「年」はそれを隔てる「関」である。

ただここで、春のはじまりの日についてすこし言っておかなければならない。

そのころの暦には、太陽の運行にもとづいてきめた二十四節気というものがあって、それで言えば立春の日が春立つ日であった。この立春の日が正月一日と一致すれば問題はないのだが、両者は一致しないことの方が多かった。正月一日という日付は月の運行にもとづいてきめられるものだから、二十四節気とは直接関係はない。元日と立春の日が一致することがあるとすれば、それは偶然の結果でしかない。内田正男氏によれば、宣明暦時代に元日立春となった年はわずか二十八回で、これはほぼ三十年に一回の割合だという。太陰大陽暦における元日と立春とは、このように一致しにくいものであった。

一致しにくいばかりか、旧年十二月のうちに立春の日が来てしまうことがある。これを「年内立春」という。『古今集』巻一の最初に、

年のうちに春は来にけりひととせを去年《こぞ》とや言はむ今年とや言はむ

とある在原元方の歌は、その年内立春を詠んだものだ。これも内田正男氏によれば、宣明暦時代について言えば、年があけてから立春となった年よりも、年内立春の年の方が多かったという。つまり伊勢たち宣明暦時代の人々にとって、年内立春は閏月以上に珍しからぬことであった。

では、ほんとうの春は元日からと考えるべきか立春の日からと考えるべきか。問いつめられると実は困ってしまう。勅撰集春の部の配列で見ると、『古今集』は年内立春の歌ではじまっているが、『後撰集』では正月一日の歌が巻頭にあって立春の歌がこれにつづく。『拾遺集』は立春の歌が先で新年の歌が次に来る。みな、それぞれである。もともと元日と立春は別系統のものであって、同一平面上の二者択一的な比較にはなじまない。ただ、春夏秋冬という季節認識において言えば、やはり立春が春立つ日なのである。

とは言いながら、先の伊勢の歌にも見られるとおり、「年」は歳時の上での動かしがたい「関」

であった。年が改まらなければ意識も改まらない。というところはあったにちがいない。それゆえ年の暮は、古い年のはてというだけでなく、春はもうその「関」のすぐ向こうに来ているのだと、新しい季節への期待が頂点に達する時でもあった。

それを反映してか、そのころの年末歌には春の近さを予感する歌が時に見られる。『古今六帖』の「としのくれ」の項から、二首をあげておきたい。

年暮れて春あけ方になりゆけば花のためしに降れる白雪

よみ人しらず。年のはてに降った雪を見ての詠。この年もすっかり暮れはてて、もう春があけるばかりとなった。それでこんなに、花のつもりで白く雪が降ったのだなあ、と言っている。「春あけ方になりゆけば」ということばつづきの快さもさることながら、眼前の雪景色の上に春の花を思い描くこの瀟洒な感受は、たぐいがない。

山の端に夕日さしつつ暮れぬれば春に入りぬる年にぞありける

これは貫之の歌。冬は夕映えのもっとも美しい季節だ。山の影は黒く濃く、朱色に澄んだ空のはては、山よりあなたに別の山河のあることをありありと感じさせる。しかもこれは十二月晦日の落日。山の端にその日が落ちてこの年最後の日が暮れた、さすれば年は、もう春に入りはじめているのだと、この想像力もまた強靭である。

むかしも今も、年末歌は回顧的な姿勢で詠まれることが多い。過ぎてゆく歳月、という感懐は、やはり時の流れのあとをふり返らせがちだ。しかしこれら二首の年末歌にあるのは、やがて来るものの方へ向かってはたらく感得力である。まさに未来へ入りつつあるその時間の感知。春の予感。春を待ちつけたよろこび。年が「関」を越える瞬間をとらえて、これらの歌には緊張したしらべがある。

たなばた

太陰太陽暦の初秋は、なによりも風音によって季の推移の知られる時節である。旧暦七月。このころの樹木には、さすがに皐月水無月のころのようなやわらかさがなくなり、風に鳴る葉音もどこか乾いて聞こえる。そして夜に入れば、闇のけはいはたしかに秋である。

この時期の晴れた夜の九時ごろ、外に出て天頂を見上げると、天の川の西岸に明るい星がある。こと座のベガ。たなばたの織女星である。これからすこし東南に下った天の川の対岸にも明るい星。わし座のアルタイル。牽牛星である。近年都会地の空は、夜間照明の明るさや大気の濁りのために天の川の流れる方向すらわかりにくくなっているが、この二つの星は充分に明るく、他の星の光が薄くなっている分、かえって見つけやすい。

夏から初秋のころの夜空に、ほぼ同じ明るさの星が二つあることは、太古から地上の人々の眼を惹かずにはおかなかった。二つの星のあいだに幅広く天の川が流れているせいもあって、人々はそこに引き離された恋を思い描いた。機織りの娘と牛飼いの男とが、恋に夢中になって仕事を怠ったため、天帝の怒りを受けて川の西と東に引き離された、という物語。年に一度、七月七日の夜だけ逢うことを許される。その夜天の川にはかささぎがつばさを並べて橋を架け、織女星はそれを渡って牽牛星に逢いに行くのだと、この物語を生み出したのは、中国漢代の人々であった。『万葉集』にたなばたの星合いを詠んだ歌があまたあるところを見ると、この伝説はかなり早くにわが国へも伝わったらしい。どうか星たちの恋が叶うようにと、それはしばしば地上の恋人たち自身の願望と重ね合わせて歌に詠まれた。奈良時代末には宮中行事として乞巧奠《きっこうてん》が行なわれるようになり、平安時代に入ると民間でもさまざまに星を祭る趣向が案出されて、歌や物語の中にもそれらの行事が詠まれ語られるようになる。

『伊勢集』の中にもたなばたの歌はいくつかあるが、ここでは、屛風歌に見られる当時の習俗を二つ、紹介したい。

伊勢はまだ二十代のころ、七条后温子の命を受けて、「四季恋物語屛風歌」十八首という、物語風の大作を詠んでいる。その中の一場面に、たなばたの歌がある。

　　たなばたの日

朝まだき出でてひくらむけさの緒《を》にこころ長さをくらべてしかな

　　返し

たなばたの細き緒をしてくらぶともこころのかたやまづは絶えせむ

わたしは長いあいだあなたのことばかり思ってきました。きょうのたなばたにかけわたすこの糸と、わたしの思いと、どちらが長いか思いくらべていただきたいものです、と男が訴えるのに、女の方は、あなたのお気持などそのたなばたの糸よりずっと細くて、すぐに切れてしまうでしょうよ、と取り合わない、というひとこまである。

ここに詠まれた「緒」とは、「願ひの糸」とも言い、たなばたの日の竹のいただきにかけわたした五色の糸のことである。少女ならば裁縫染色などの技芸の上達を願って、少年ならば学問の向上を願って、この糸を星に捧げた。糸にかけた願いは、三年のうちに叶うと言われた。おそらく屏風の中のたなばたの場面には、この糸のかけわたされた情景が描かれていたのであろう。それに寄せて伊勢は、けんめいに言い寄る男とすげない女、という一対の歌を詠み出した。

それにしても、たなばたの星に「願ひの糸」を供えるとは、なんと美しい風習であろう。もともとこれは、中国に起源するならわしであったようで、『荊楚歳時記』には、この日の夕べ婦女は綵縷を結ぶ、と記されている。正倉院には七本の針と七条の色糸が残っているそうだから、この習慣の渡来は奈良朝以前のことであったらしい。平安時代、伊勢のころには、この「緒」が歌にも詠まれている。すなわち、『古今集』秋歌上には、

なぬかの日の夜よめる　　　　　　　　　　凡河内躬恒
たなばたにかしつる糸のうちはへて年の緒長く恋ひやわたらむ
があり、『貫之集』には、
七月七日
世をうみてわがかす糸はたなばたの涙の玉の緒とやなるらむ
の屏風歌がある。また『和漢朗詠集』にも、
憶得少年長乞巧　竹竿頭上願糸多
という句がある。たしかにこの「願ひの糸」は、屏風歌にも漢詩にもなる情景だ。
そのころ、たなばたのならわしとしては、瓜を星に供えたり、瓜の上に張る蜘蛛の糸の粗密によって技芸の巧を占ったり、ということがあった。香をたいたり、音楽を奏したり、琴を星に供えたりもした。たなばたの行事が一般に浸透してゆくうちに、中国起源の風習がさまざまにこの国らしく消化されて行くさまが窺われる。
このようにさまざまの趣向で楽しまれたたなばた行事の中に、もうひとつ、まことにやさしい習慣があって、『伊勢集』では「皇太后穏子五十賀屏風歌」の中に出てくる。
七月七日、たらひに水入れて影見るところ

めづらしく逢ふたなばたはよそ人も影見まほしきものにざりける

とある場面がそれである。

たらい、というものを近ごろはまったく見ることがなくなった。それはつい四十年ほど前までは、赤ちゃんの沐浴やせんたくなどに必要な、日常の生活具だったのだが。千年むかしの人々は、そのたらいに水を張り、たなばたの夜の星をその水の面に映して見た。

右の歌の大意は、年にたった一度逢うたなばたの星たちのようすは、その恋にかかわりのないわたくしたちまでも、こうして水に映して見守りたいものです、ということ。年に一度の逢いしか許されない星たちの、恋の成就を見届けてやりたい、という気持である。

『伊勢集』にはもう一首、

御屏風の歌、たなばたの影見るところ

わたるとて影をだに見じたなばたは人の見ぬまを待ちもこそすれ

という、同じ情景を詠んだ歌がある。詞書に「影見るところ」とあるのが、星影を映して見る場面、という意味である。ここで伊勢は、先の歌とは反対に、それ、いま星が川をわたるぞと、物見高く見ることはやめよう、星たちだって他人の見ぬまに逢いたいだろうから、となにか身につまされたような思いやりの歌を詠んでいる。これもまた、屏風歌としておもしろいとりなしだ。

たなばたの夜、仰いで天上の二星を見ることは、たれしもがすることである。しかしそれを、わざわざたらいの水に映して見るとは、これまた実にやさしい風習ではないか。年に一度のこの夜に、星たちをなんとしても逢わせてやりたいという気持が、同じひとつの水面に二つの星を映す工夫をさせたものであろう。この風習も、「願ひの糸」に劣らずよく行なわれていたようで、『源氏物語』は蓬生の巻に、このことに触れた記述が見られる。

いくつかのドラマ

歌くらべ

たしかに伊勢のころの貴族社会は、歌による意思伝達が日常的に行なわれていた社会であった。しかし、二人の人物あいだで連続して歌のやりとりされること十六首、という例は、めったにあるものではない。そのめったにありそうもない例が、『伊勢集』の中にある。それは、ある男と女のあいだで詠み交わされた贈答歌群。女は伊勢その人であろうと思われるが、男はたれであったかわからない。

『伊勢集』諸本の詞書をつき合わせてみると、その発端は次のようなことであったらしい。すなわち、ある男の親がなくなって、女がそれを弔問したことがあった。ということは、両者のあいだには、かねてその程度のつきあいはあった、ということである。まったく見ず知らずの仲、というわけではなかった。そののち、女のもとへ文《ふみ》が届けられた。心当りのない女が、どなたへのものでしょう、と使の者にたずねると、さきごろのご弔問へのお返しです、ということだった。たぶん、弔問から日が経っていたのであろう。受け取ってみると、こんな歌だった。

大空にとぶてふことの難《かた》ければ雲の上にぞさして聞こゆる

親を喪って大空を飛ぶ（訪《と》ふ）こともかなわぬ身ですから、こうして文でもってわたしの気持を申し上げますと、弔問への返礼と見せて、もの言いたげである。あるいはこの歌のほかに、恋文ふうの手紙もあったのかもしれない。女のことを「雲の上」と言ったりして、気を使っている。

浜千鳥つばさのなきをとふからに雲路にいかで思ひかくらむ

ご不幸を弔問したからといって、どうしてこんなに思いをかけたりなどなさるのでしょう、と女は返事した。知らない相手でもないゆえ、うちすてておかれず、返した歌かと思われる。しかしこれを受け取った男は、すぐさま次の歌を送ってよこした。

つばさなき鳥となれれば飛び去らず近き枝《え》にのみ住まむとぞ思ふ

この歌には、家が近いところにあったのだ、という詞書がついている。よるべなき身となりましたから、お近くに住んでいたいのですと、この男、なかなか器用にものを言う。

女はすこしうっとうしくなった。そこで、「この返りごとを紙を結びてただやりたれば」という対応に出た。歌で返事すれば、そのことばじりをとらえてまたなにか言ってくるにきまっている。受け取ったという意志表示だけにとどめようと、結び文にした紙だけを使に持たせたのである。こんな局面でのこのような対応は、『後撰集』や『信明集』にも例が見られ、当時よくあったあしらい方であった。

だが、紙だけであっても返事は返事、返事をもらったからには折り返し次の返事を送ってもよいわけだと、考えたのかどうか、男はまたまた歌をよこした。

　なだの海の清きなぎさに浜千鳥踏みおく跡を波や消《け》つらむ

あれ、波がかき消したのでしょうか、せっかくの美しいご筆跡が見えませんがと、詠みたがり屋だけあって、対応も巧みなら歌のできばえもさすがである。「踏み」には「文」が懸けてある。

そして、右の歌からはじまる七首の歌の往復には、まさに息もつかせぬおもしろさがある。以下にそのつづきを掲げる。「　」の中に意訳を付した。

　返し、女

なだの海は荒れぞまさらむ浜千鳥なごむるかたのあとをたづねよ

「なだの海は荒れ模様ですよ。もっと穏やかな方（別の女性）をお探しになったら。」

　返し、また男

なだの海し荒れまさるべきものならばこがるる舟を打ち寄せよ波

「なだの海が荒れまさるとは、なんと好都合なこと。どうか高波よ、漕がるる（焦がるる）舟をその岸へ打ち寄せて。」

返し、女

荒れながら舟寄すべくも思ほえずかた定めてし波の立たねば

「こちらへは舟など寄せられはしません。ここには、だれと定まった方《かた》（潟）の波は立たないのですから。」

また男

波高み海辺に寄らぬ破《わ》れ舟はこちてふ風や吹くとこそ待て

「波が高くて岸に寄りつけぬ破れ舟は、東風《こち》（こちらへどうぞという風）がそのうちに吹き出すかと、待っている次第です。」

返し、女

おほかたに風はなほりて吹きぬとも海女《あま》のいかりにとどまりやせむ

「もし順風になったとしても、そちらの海女の碇《いかり》（女の人の怒り）がこわくて、舟をお出しにはなれないでしょう。」

また

風吹かば行かむ行かむと待つ舟にいかりをおろす海女もあらじを

「風向きが変ったら、行こう行こうと待っている舟（わたし）に碇をおろす海女（嫉妬する女）なんかいません。」

この「風吹かば」は男の歌である。本文の一部を群書類従本に拠って改めた。

それにしてもこの男、とにかくこの女へ歌を詠み送るのがうれしくてならないのだ。弔問への返礼も、恋の告白ふうの手紙も、実はやりとりのきっかけを作るためであって、要はこの女との歌の往復そのものを楽しみたいのである。はじめは受身であった女も、「おほかたに」の歌あたりで、からめ手からの攻勢に転じたけはいがある。互角に切り結んだ歌くらべ。しかも男と女のあいだの歌のやりとりだから、恋がらみの雰囲気のうちにゲームを楽しむことができる。

それでも男は、なおものを言い足りない気持であったらしい。また別のテーマで挑んできた。

玉葛《たまかづら》わがくることを君し見ばつらながらにも絶えじとぞ思ふ

このけんめいな気持をもしわかっていただけるのでしたら、つらいながらもこのまま思い絶えずにいたいと思うことです、と言う。

うちはへてくるを見るとも玉葛手にだにかけて結び知らねば

どんなに長いあいだ思い絶えずにいらしたとしても、こちらは玉葛を結ぶことなどついぞ知らないのですから、という返事。「結ぶ」ということばには、「結婚」の意味があった。この歌ではそれを利かせている。すると、男はこんな歌をよこした。

玉葛結びも知らぬものならば子のいできけむことぞあやしき

「結ぶ」ことを知らないだなんて。でも、お子さんのおありになるのがふしぎですね、と。

しかしながらこれは、女性に対してまちがっても発してはならぬことばである。この男、図に乗って破目をはずしすぎた。あきらかにこれは基本からの逸脱、いかにゲームの場であっても、それは許されない。女は沈黙をもってこれに報いた。

たぶんこのあとしばらく、男にとっては動きのとれぬ時間があったものと思われる。やがて季節は神無月となり初雪が降った。それまでのやりとりがどの季節に行なわれたのか、本文に記載がなく歌からも推測できないから、初雪を見るまでにどのくらいの期間男が謹慎しなければならなかったかを言うことができない。しかし男の性癖から推して、あまり長い辛抱はできそうに思われないから、何か月もというような長いことではなかったであろう。初雪が降ったをよいことに、またそれにことよせて歌をよこした。

神無月しぐればかりは降らずしてゆきがてにのみなどかなるらむ

神無月といえばしぐれの季節ですが、しぐれどころかきょうはもう初雪が降りました、それなのにどうして、わたしはそちらへ行き難くしていなければならないのでしょうと、ひたすら修復につとめているようすが見える。

ゆきまぜて見るべきものか神無月しぐれに袖の濡れもこそすれ

雪など見えるものですか、こちらでは悲しみの涙で袖が濡れるばかりなのですから、と、返事はあったものの女の心はなお解けぬさまである。せっかく男が「雪」に懸けた「行き」の懇願も、まったく無視されている。それで最後に、男の歌は次のようにしおらしいものとなった。

風吹けばとまらぬ露の命もていかむと思ふことのはかなさ

「いかむ」は、やや強引だが「生かむ」に「行かむ」を懸けたもの。風にも堪えぬ露ほどの命ながら、なんとしても生きたい（行きたい）と思うのですと、急に身のはかなさなど言い出したりして、以前のはしゃぎようを知っている者にはおかしいけれど、本人は機嫌を直してもらうべく、いっしょうけんめいなのである。

けれども、もう女からの返歌はなく、十六首に及んだ長い贈答歌ゲームはここで終っている。

男と女のあいだの歌くらべとしては、『伊勢物語』五十段に五首のやりとりがある。『貫之集』では、女の側から詠みかけて十首の歌の往復した例も見られる。しかしそれらに比べて、この『伊勢集』十六首は、歌数が多いばかりでなく、双方応酬の巧みさ、修辞の達者さ、それに推移の起伏の多さなど、格段におもしろい。

伊勢に対してここまで歌くらべを挑んだ男はたれだったのか。伊勢周辺に存在のわかっている男たちの中では、平貞文あたりがいちばんそれらしく思われるが、案外知られざる別人、ということもないとはかぎらない。

朱雀院の鶴

朱雀院で鶴が殺された。故意にしたのではなかったが、結果的には殺したと同じことになった。鶴はつがいで飼われていたもので、生き残った一羽はいなくなった相手を恋うていみじく鳴いた。ちょうど雨のはげしく降る日であった。残った鶴は雨中に天を仰いで鳴きつづけた——。こういう場面が、『伊勢集』の中にある。

朱雀院は、そのころ宇多上皇が御所としていたところである。所在は右京四条、朱雀大路に面してその西側に、南北四丁東西二丁という広大な区域を占めていた。当時の平安京にこんな大きな御所・邸宅はほかにない。もともとここは嵯峨上皇の後院があったところだが、宇多上皇は退位の前年からそこに新御所の造営をはじめた。二年ほどの歳月を費して、完成は天皇の退位よりあとになった。

宇多上皇が新造成った朱雀院へ入ったのは、退位の半年後である。二か月遅れて七条后温子も朱雀院へ引き移った。温子がこの御所で過したのは、昌泰元年（八九八）四月から延喜三年（九〇三）八月までの五年間あまり。ということは、温子に仕える女房であった伊勢も、その期間朱雀院にいたということである。『伊勢集』にある鶴の死は、この朱雀院時代のできごとにちがいない。そのころ伊勢は、二十代の後半、という年齢であった。

むかしから鶴は、千年のよわいを保つと言われ、伊勢のころはよく屏風絵に描かれる鳥であった。算賀や男子の着袴・女子の裳着など、慶事の際の屏風には、鶴は松と共にいわばきまりもののような図柄である。従って屏風の画面に書きこまれる屏風歌にも、鶴を主題としたものが少なくない。『伊勢集』で見るだけでも、賀の屏風歌に「鶴立てるところ」「岩の上に鶴立てるところ」などの詞書があり、「松の末に鶴立てり」と画面構成まで推測できるものや、「鶴群れて雲にあそぶところ」と動きのある情景を伝えるものもある。千年のよわいを保つ鳥、ということに加えて、優雅で気品のあるその姿は、賀の意匠としてこよなくふさわしいものであった。

また当時鶴は、貴族の邸宅に飼われたりもした。平城京跡から出土した木簡によって、長屋王の邸宅に鶴が飼われていたことが知られるそうだから、貴人の邸宅における鶴の飼育は、奈良時代にまでさかのぼり得るもののようである。鶴はつがいで飼うものであったらしい。

伊勢が朱雀院で温子に仕えていたころ、朱雀院にも鶴が飼われていた。その鶴の一羽が殺されたのである。詳しい事情はわからないが、「こころにもあらず鶴をころしたりけるを」とあるから、ねらって殺したのではなく、なにかもののはずみのようなことであったか、あるいはやむなき事情であったか、と思われる。残った一羽は、いなくなった一羽を恋うて雨の中でいみじく鳴いた。

伊勢はその悲しげな声を聞いて、

鳴く声に添ひて涙はのぼらねど雲の上より雨と降るかな

と詠んでいる。鶴の声は天までもひびき、さながら涙のごとく雨が降ることよと、作者までもらい泣きしているような、感情移入の強い歌である。実はここには、『詩経』の「鶴鳴于九皐　声聞于天」の句が下に敷かれているのだが、そうした引用のこちたさなどあらわに見せず、ただ亡きつがいを恋うてやまない鶴の鳴き声の、その哀切さをいちずに悼んでいる。たしかに、降りしきる雨の中にいつまでも鳴きつづける声を聞いては、伊勢ならずとも憐憫惻隠の情を催したにちがいない。

しかも話はこれだけに終らない。『伊勢集』にはこれにつづいて、

九月九日、そこの鶴は死にける

菊の葉に置きゐるべくもあらなくに千歳《ちとせ》の身をも露になすかな

という歌がある。殺された一羽を慕い鳴いていた鶴までもが、あとを追うように死んだ、しかもそれは九月九日であった、というのだ。

この場合、九月九日という日付には特に意味がある。それは陽の極数である九が重なる日、すなわち重陽《ちょうよう》の日であって、宮中では宴が催されて群臣に菊酒を賜い、民間では人々が菊の着せ綿でもって身をぬぐい、長寿を願うという日であった。菊は延命不老の効ある花とされていて、伊勢のこの歌が「菊の葉に」と詠み出されているのは、このような、九月九日と菊花との関係があるからである。つまり九月九日という日は、朝野こぞって長寿を願う日であった。こともあろうにその日に、千歳のよわいを享けているはずの鶴が死んだ。ほかならぬ鶴が、どうしてこの日にはかなくならなければならなかったのかと、伊勢はここでもまた、まるで人の死を悼むかのような深い哀傷のことばをつらねている。

相次ぐ鶴の死。身近に見聞したことであるだけに、伊勢のみならず朱雀院の人々すべてにとって、この事件の衝撃は大きかったことであろう。

実はこの事件については、『躬恒集』にもこんな歌が残っている。

朱雀院の鶴のはかなくなるを

あしたづの世さへはかなくなりにけりけふぞ千歳のかぎりなりける

鶴の死ぬ日ならば、これは千歳の尽きる日ではあるまいかと、その不吉さをおそれた歌。これもこの事件に対する人々の反応のひとつであった。上皇御所における鶴の死が、御所内部だけでなく、宮廷社会の周辺でも、ざわざわと話題になっていたらしいさまが窺われる。

右に見てきた朱雀院の鶴についての伊勢の二首は、どちらも『後撰集』にとられている。ただ、『伊勢集』では連続した一連のできごととして語られるこの二首の歌が、『後撰集』では別々に、異なる巻への撰入となった。すなわち、はじめの「鳴く声に」の歌は巻二十哀傷の部へ、あとの「菊の葉に」の歌は巻七秋下へ、それぞれに収められている。「鳴く声に」の歌では雨中に鳴きやまぬ鶴の声に切ない哀傷のこころが読みとられ、「菊の葉に」の歌では九月九日という日付に関心が払われた結果であろう。

『後撰集』に対する江戸時代の註釈書に、『後撰集新抄』という本がある。文化九年(一八一二)、三河吉田藩の藩士中山美石が、藩侯の命によって著したものである。その『後撰集新抄』の「鳴く声に」の歌に対する註の中に、珍しい話があるのでついでに紹介しておきたい。珍しい、というのは、そこに記されている話が珍しい、という意味でもあり、また、註釈という作業の中で註釈者自身のごく個人的な見聞や感慨が語られているのが珍しい、という意味でもある。

美石はこう述べている。鶴はことに雌雄仲のよい鳥である。先ごろわたしの住む三河吉田近在の野にひとつがいの鶴が棲んでいたが、その一羽が病気になった。もう一羽の鶴は、病んだ鶴を近くの藁積みの中に入れてそのかたわらを離れず、餌を運んでけんめいに看取っているようすであった。ところがそのうち、看取っていた方の鶴の姿が四、五日見えなくなった。在所の者どもが心配していたところ、どこからか人参をくわえて帰ってきた。人参は薬なのだ、と美石は補足している。しかしそのとき、病気の鶴はもう死んでいた。帰って来た鶴は人参をくわえたままで夜昼いたく鳴きとおし、二日ほどのちに死んだ、と。

それからまたこんな話もある、と美石はつづける。あるところに飼われていた鶴の一羽が犬にかみつかれて死んだところ、残る一羽がやはり恋い鳴いて餌もとらなくなり、ついに死んだ。この二つの話は――と美石は話をしめくくる――、わたしがかつて実際に聞いたことである。いまこの朱雀院の鶴のところで思い出したから、こうして書きとめておく次第である。およそ鴛鴦・燕などにもこれに似た話は多い。これらの鳥のふるまいは、なまじいのにんげんよりはるかに勝れりと言うべく、いとあわれなることである、と。註釈の中にこれを書かずにはいられなかった美石の心情が、実によく伝わってくる記述だ。

文化年間、といえば江戸時代の末。伊勢からは九百年ばかりのち、現代からは二百年ほどのむかしになる。かつてこの国は、こんなにも人々の暮らしの近くに鶴が棲息するところであったものをと、これは二十一世紀のはじめに生きているにんげんの、さびしい感想である。

円成寺

『伊勢集』にかかわりある寺のひとつに、円成寺がある。

円成寺。西本願寺本では「円城寺」と表記されているが、『日本紀略』など諸史料はみな「円成寺」である。『伊勢集』では、次のようにその名が出てくる。

円成寺に后宮おはします御供にまゐりて

ひさかたの月のまどかになるころはもみぢはすともしぐれざらなむ

ここに「后宮」とあるのは、伊勢が仕えた七条の后温子のこと。その温子が円成寺に行啓したとき随行して詠んだ、というのがこの歌である。

季節は晩秋、月は望のころであったらしい。

ひさかたの月が満ちてまどかになるこのころ、后宮のみゆきを、木々は美しく紅葉して迎えてほしい。しかしどうか、しぐれは降らないように。

と詠んでいる。このころ和歌の世界には、しぐれが秋の木の葉を染める、という発想があって、この歌にもそれが意識されているようだ。

はじめてこの歌を読んだとき、これは夜の寺庭にのぼる満月を見て詠んだ作だと、どうしてだか私は思ってしまった。しかしよく読むと、これは必ずしも実景を叙した歌ではない。上三句はただ満月のころという時を言っただけのことば。しかも「まどかになる」に「円成」という寺名が詠み隠されている。つまりこれは、后宮の行啓をことほいだ慶祝歌だ。と、そう思い直してはみるものの、やはりこの歌からは、全円に満ちた月のすがたや寺庭に冴える月光が見えてくるのは是非もない。これは事を述べながら、なぜかあざやかに景を印象づける歌である。

円成寺は、宇多天皇の寛平元年（八八九）に、尚侍藤原淑子によって創《はじ》められた寺である。淑子は太政大臣基経の異母妹、伊勢の仕えた温子にとっては叔母にあたる。清和朝の右大臣藤原氏宗の室であったが、氏宗は貞観十四年（八七二）に薨じた。氏宗と淑子のあいだには二十八歳という年齢差があり、夫と死別したときの淑子は三十五歳である。それから十二年後、光孝天皇即位ののちに淑子は尚侍に任ぜられた。尚侍は内侍司の長官、宮中女官の最高位である。

光孝天皇は、陽成廃立のあとにいわば緊急避難的に擁立され、五十五歳になってから思いがけなく帝位を践むことになった天皇である。一代かぎりの登位のはずであったから、わが子たちへの譲位は考えていないという意志の表明として、登祚の直後にその皇子すべてを臣籍に下らしめた。にもかかわらず、在位三年余にして光孝天皇が崩じたとき、そのあとを嗣ぐことになったのは、光孝皇子で当時臣籍にあった源定省である。定省は父帝臨終の間際に急ぎ親王にもどされ、翌日立太子、同日受禅した。これが宇多天皇である。

天皇になるはずのない源定省が、こうして即位した蔭には、尚侍淑子のけんめいな奔走があったと言われる。正史はそのあたりの事情を詳しくは記さないが、宇多天皇は即位後、淑子を正三位から従一位へと進めている。太政大臣なみの破格の昇叙。それは「龍潜之時」功あったゆえだと、『日本紀略』は言っている。また『政事要略』によると、宇多天皇の淑子に母事せらるること、生母班子女王に対するよりも重いものがあった、という。淑子が天皇の即位にどれほど尽力したか、天皇がそれをどれほど多としたか、充分に推測できる記録である。

円成寺は、その尚侍淑子が開創した寺である。淑子の夫右大臣氏宗は、東山椿ヶ峯の西麓にあった山荘で歿したが、淑子は夫の死後山荘を寺とし、益信という僧に托した。それは氏宗の死から十七年後のこと、これが円成寺のはじまりである。

つけ加えておけば、この円成寺の故地は、現在の左京区鹿ケ谷、大豊神社から霊鑑寺へかけてのあたりらしい。またこの益信という僧は、のちに宇多上皇出家のとき、その戒師をつとめることになる僧である。

このように円成寺は、尚侍淑子の私的な願によって創められた寺であったが、開創四か月後には早くも定額寺とされ、翌年には仁和寺と共に二人の年分度者が置かれた。また年次ははっきりしないが、宇多天皇の手で宝塔も建てられたようである。天皇の淑子尊重もあって、宇多朝における朝廷の円成寺に対する配慮には、なみなみならぬものがあった。

円成寺開創から八年後に宇多天皇は退位、その子醍醐天皇の治世となる。醍醐天皇の延喜六年（九〇六）五月二十八日、尚侍淑子は六十九歳で薨じた。尚侍在任二十二年。その労に対して正一位という人臣最高位が追贈された。

淑子の死から四か月後、円成寺には宇多天皇の第三皇子斉世親王が入寺、これにより親王は「円成寺宮」と呼ばれるようになった。

斉世親王は醍醐天皇にとっては異母弟。生母橘義子は尚侍淑子の縁によって、まだ源定省と呼ばれていたころに宇多天皇の妃となった人である。親王は長じて、右大臣菅原道真の女婿となった。昌泰四年（九〇一）正月、道真が大宰府へ追われたのは、この親王を帝位につけようと画策した、という廉《かど》による。この事件に関して宇多法皇はまったくなんの力も行使できず、道真左遷の直後、斉世親王を仁和寺において出家させるよりほかなかった。それから五年後、道真も益信も歿し尚侍淑子も世を去ってのち、円成寺へこの親王が入った背後には、淑子と橘義子・斉世親王とをつなぐ人脈があったからであって、またおそらく、父帝宇多法皇の意向も強くはたらいていたのだと思われる。

以上が、開創から淑子死去の年までの円成寺のようすとその周辺人事のあらましである。この間十七年、それはおよそ、伊勢が七条の后温子に仕えて過した歳月と、重なり合う。


七条の后温子は、淑子にとって姪にあたるが、右に見たような事情から考えても、双方の距離は特に近いというわけではなかったと推測される。では、温子が円成寺へ行啓したのは、いつごろのことであったろうか。それを記録した史料はないのだから、わからない、と言うしかないのだが、想像として少し言っておきたい。

慎重に言えば、この歌の詠まれ得る年次の下限は、温子死去の延喜七年（九〇七）ということになる。温子は延喜五年（九〇五）に落飾、その二年後に病歿した。『伊勢集』によれば、長く病床にあったもののようだから、あるいは落飾も病気のためであったかもしれない。しかし温子の落飾とこの円成寺行啓はおそらく関係がないだろう。この歌の晴れやかな表情は、さびしかった晩年の温子の、身辺の雰囲気にそぐわない。

むしろこれは、宇多天皇在位時代、温子が女御として弘徽殿にあったころのことではなかろうか。温子が、天皇の母儀でもあった尚侍淑子ゆかりの寺に詣でるということは、宇多在位時代にこそもっともあり得ることのように思われる。いますこし年代の幅をとって宇多退位後までを視野に入れたとしても、昌泰二年（八九九）の宇多出家より下ることはあるまい。

この想像に従えば、円成寺行啓は、温子が宇多第一正妃として宮廷に重きをなしていた時期のこととなる。伊勢も二十歳代の前半。帝寵を受けてその子を生み、歌に秀でた女房として存在を知られはじめていたころだ。「ひさかたの月のまどかになるころは」と詠み出したのびやかなしらべも、冴えわたる月光を強く印象づける歌のすがたも、その時期の伊勢の若さとたいそうよくうつり合うように思われる。

仁和寺なる人

京都では、いまも仁和寺のことを「おむろ」と呼ぶ。御室。「室」とは僧房のこと。むかし宇多法皇がこの寺に僧房を営み、そこを法皇御所としたところから出た尊称である。宇多法皇以後もこの寺は、代々法親王を門主として迎えたので、「御室」の名はいっそう確実に定着することとなった。盛時の寺域は二里四方に及んだと言われ、寺の近くにいまも「御室」の地名が残るのは、そのなごりである。

数ある京都の古刹の中で、仁和寺には、どこか平安貴族の別業とでも言いたいような雰囲気があり、わけても門跡坊舎であった御殿の一部にその感じは濃く残っている。現存する御殿は近世になってからの再建ではあるが、宸殿・黒書院・白書院のあたりのたたずまいには、千年のむかしを思わせるようなところがある。

「仁和寺」という名は、この寺が「仁和のみかど」と呼ばれた光孝天皇によって仁和年間に発願起工されたところから来ている。光孝天皇は、五十五歳という高齢になってから思いがけなく登極することになった天皇だが、即位後三年目の仁和二年（八八六）に、一寺を建立せんことを願って、都の西郊大内山南麓にその寺を起工した。

しかしその翌年、天皇は崩ずる。寺院建立のことはかなり進んではいたようだが、まだ完成には到っていなかった。業は子の宇多天皇によって引き継がれ、まもなく完工したようである。仁和四年（八八八）八月、新しい寺では、先帝一周忌斎会を兼ねて落慶供養が行なわれた。『日本紀略』同年八月十七日条に、

於新造西山御願寺、先帝周忌御斎会、准国忌之例。

と見えるのがそれである。ここでは「西山御願寺」とあって、まだ「仁和寺」とは呼ばれていない。

実はこの御斎会の直前まで、宇多天皇は、太政大臣基経との深刻な抗争に追いまくられていた。いわゆる阿衡《あこう》の紛議といわれる紛争。天皇即位時に基経へ与えられた勅書の中に「阿衡」という文言があったのを基経が咎め、天皇に威圧を加えた、という事件である。政府部内では基経に追随する者がほとんどであったから、即位したばかりの二十二歳の天皇はまったく孤立し、結局基経の前に屈するのほかなかった。

紛議がもっともきびしい局面にあったのは、仁和四年の四月、五月のころ。天皇が遂に「阿衡」の勅書を撤回したのが六月六日であったが、それでも六月晦日の大祓には公卿がひとりも出

席しなかったというから、天皇はおそろしいほどの孤立の中にいたのである。

「西山御願寺」は、その大祓以前に完成していたようだ。そしてこの大祓の翌々月にその寺での御斎会が催されているということは、その時期には基経もよほど態度を和らげていたということであろう。もし紛争があと二か月つづいていたとしたら、新造御願寺における先帝周忌の御斎会も、無事に催すことができたかどうか、わからない。

御斎会からさらに二か月のちの十月六日、基経の娘温子は宇多後宮に入り、三日後に女御宣下を受けた。つまり宇多后妃として第一の地位を与えられて入内した。これは、阿衡の紛議後の天皇と基経のあいだに、関係修復が成ったことを示す端的なかたちであって、これにより宇多朝の朝儀・政務は、ようやく正常に動き出すことになった。このとき温子は十七歳である。

伊勢は、その温子に仕えた女房である。伊勢の出生時や出仕時をたしかに知り得る資料はないが、おそらく温子よりはいくらか年下、そして右に見るような温子の入内に際して、これに従う新しい侍女として出仕したのではないか、と私は考えている。そのころ、この侍女の父継蔭は伊勢守在任中であり、「伊勢」という女房名はその時の父の官名から来ているものと考える。このようなわけで、伊勢の出仕は、仁和寺創建とほぼ同時期になるのである。

それから九年後の寛平九年（八九七）、宇多天皇は退位、さらにその二年後の昌泰二年（八九九）十月二十四日に、西山のその寺で落髪入道した。『日本紀略』の当日条で見ると、このとき寺はもう「仁和寺」と呼ばれている。

仁和寺に法皇御室ができるのは、それからさらに五年後の延喜四年（九〇四）のことになる。法皇はこの御室に入り、以後は仁和寺御室が宇多法皇の常御所となる。出家後の法皇は時によって亭子院・宇多院・六条院などを使い分けているが、常の御所はやはり仁和寺御室であった。承平元年（九三一）に法皇が崩じたのも、この御室においてである。

そのころ仁和寺のあたりは、都の外の山林草野の地であった。北には大内山の峰々が重なり、南には三つの丘の連なる双《ならび》が丘、さらにその南には、常盤の森と呼ばれる深い森林がひろがっていた。『日本紀略』によれば、法皇出家のとき醍醐天皇は仁和寺へ行幸しようとしたが、山道が狭くて御輿の通行が困難だからと、法皇側で辞退している。つまりそのくらい不便な山中であったわけである。『大和物語』第三十五段にも、当時の仁和寺は「高きところなれば雲は下よりいと多くたちのぼるやうに見え」と語られ、法皇御所のさまは「ものこころ細げにておはします、いとあはれなり。」と言われている。

時代はそこから百年あまり下るが、『更級日記』には「西山なるところ」のさまが、次のように描かれている。

東《ひむがし》は野のはるばるとあるに、東の山際は比叡の山よりして稲荷などいふ山まであらはに見えわたり、南は双の丘の松風いと耳近う心細く聞こえて、うちにはいただきのもとまで田といふものの引板《ひた》ひき鳴らす音など、田舎のここちしていとをかしきに、月の明《あ》かき夜などはいとおもしろきを眺めあかし暮らすに、知りたりし人、さて遠くなりて音もせず。

遠くには、はるばるの野のあなたに比叡から稲荷まで連なる東山の峰々。近くには双が丘の松風の音。また山もとの田園風景。宇多法皇のころ、御室の御所からの眺望も、ほぼこのとおりではなかったろうか。

今日の私たちはこのパノラマにいたく心をそそられるのだが、そして『更級日記』の作者はこの「田舎のここち」を「いとをかし」と言っているのだが、当時の都びとの感覚からすれば、それはむしろ例外的所感であったろう。山中松風の音のすさまじさ、ふもとの田に引板引く音のわびしさ。都からのたよりは絶えてなく、短期間の滞在ならばともかく、そこに住みついて明け暮れ日を送るとなれば、堪えがたいまでの都なつかしさに責められる、というのが、おおかたの都びとの場合であったにちがいない。

『伊勢集』には、次のような一対の贈答歌がある。

白雲のたなびきにけるみ山には照る月影もよそにこそ聞け

返し

雲はらふ照る日こもれる山なれば明かき月にも見えぬなるらむ

はじめの「白雲の」の歌には、群書類従本では「仁和寺なる人の」と詞書がある。仁和寺にいた人から伊勢へ届けられた歌らしい。それは、こう言っている。

このように白雲たなびく深山におりますと、都に照る月のようなあなたのことも、いまはただ遠い世界のこととして聞くばかりです。

作者はたぶん法皇周辺の人。かつて都にいたころ伊勢とのつきあいがあり、いまは御室で法皇に近侍している人物であろう。在俗の人か出家かはわからないが、おそらく男性。「照る月影もよそにこそ見れ」と詠まれた下句がさびしい。いまはあなたともこんなにかけ離れたところにいるわけです、と訴えるようなこのことばの裏には、当事者だけにわかり合える思い出や感慨が詠みこめられていよう。

これに対して、伊勢はこう答えている。

そちらは雲を払って照る陽のような法皇さまのおわします御山なのですから、都の月など、さして明るいものとは見えませんでしょう。

と。さらりとかわしているようだが、伊勢の心中にも複雑なものがあったであろう。思い出を頒ち合うことを拒むものではない。しかし、そうしたむかし懐かしさやいまのさびしさだけで明け暮れていらっしゃるとすれば、それはわたくしにとってもつらいことです。そちらは法皇御所、雲を払って照る陽のおわしますところ。その光の前には、都の月もさして明るいものではありますまい、というのである。

この贈答歌の詠まれた時期を、おそらく延喜四年の法皇御室入り以降、という以上に詰められないのが残念である。

宇多上皇の出家が后妃たちに及ぼした影響は深刻であったが、いよいよの御室入りは、あとに取り残される女性たちの身辺をいっそうさびしいものにした。七条の后温子は、亭子院にあって法皇御室入りの翌年に落飾、その二年後に病歿する。晩年寂寥、しかも病身。この温子に仕える古参の女房として、伊勢の日常もまた明るいものであり得ようはずがない。

法皇御室入りのころ、伊勢の推定年齢は三十歳ぐらいになる。宇多帝とのあいだに成した一児は、このころまでに亡くなっている。これは、そういう経験もくぐってきた伊勢によって詠まれた歌だ。そちらは「照る日」のおわします御山、と相手の気を引き立てながら、実はこちらも「明かき月」などではないのですよと、わが身のほとりのさまもそれとなくわからせようとしている。

彼我ともに是非もなきさびしさ。けれどもいまは、それぞれのさびしさの中にいるよりほかないではないか、と伊勢は言いたかったのであろう。およそ十年前、后宮の円成寺行啓に随行したころの伊勢は、こうした陰のある歌は詠まなかった。

人事のひずみの中で

そのころ、歌は日常実生活の現場で詠まれた。日常の暮らしの中の具体的なできごとにかかわって、意志や感情の伝達を歌という詩型によってするということは、そのころの人々にとって、さほど骨の折れることでもわずらわしいことでもなかったように見受けられる。十世紀を中心とする時代を中心に、これほどおびただしい実生活現場の歌が詠み残されているのは、そのころの人々が、人事の現場で歌によってものを言うことに、それほど習熟していたということだ。歌は、そのころの人々の相互伝達の手段として、完全に社会に定着していた。

日常実生活の中の人事状況は、個々別々、種々さまざまの相を持ち、それにかかわるにんげんの気持も、千差万別、喜怒哀楽さまざまに渦巻く。しかもこの世にあるのは、平穏順調な人間関係ばかりではない。人と人のいるところでは、悶着・摩擦・対立など、ひずみのある局面もしばしば生ずる。それでも歌は、そんな葛藤の中でもやはり詠まれる。

たとえば『伊勢集』には、次のような二首の歌の並んでいるところがある。

　かりそめに染めざらましをからころもかへらぬ色をうらみつるかな
　身にしみて深くしなればからころもかへすかたこそ知られざりけれ

西本願寺本では、右のようになんの詞書もないが、群書類従本では、前の歌に「人」、後の歌に「返し」と詞書がある。前の歌はある男から届いたもの、後の歌はそれに対する伊勢の返歌であるらしい。

　男が言っているのは、こういうことのようである。

　軽々しくあなたに思いを懸けたりしなければよかった。いまはもう、もとにもどせぬこの恋がうらめしい。

と。このころの歌には、人を思う苦しさに堪えかねて、わが身を嘆いたり相手を恨んだりする例は少なくないが、この男の言う「うらみつるかな」は、その意味ではない。軽はずみなことだったと悔いている、というのである。

　これに対して伊勢は、

　わたくしの心は、深くこの思いに染まっていますから、いまさら、この恋を知らなかった
　むかしにもどることはできません。

と答えている。どうやら、背を向けはじめた男とこれを追う女、という構図のように思われる。

男の歌は、完全な暗喩によって言われている。これはからころもを染めそこなったくやしさを詠んだ歌だ、と言っても、事情を知らぬ第三者にはおそらくそれで通用しよう。しかしこれを受け取った女には、相手が身を引きはじめている、とわかる。確実にわかる。この比喩性の強い一首は、当事者のみに解読できる暗号のようなものだ。

暗号であるから、そのことばは著しく修辞性の濃いものとなる。「かりそめ」に「仮染め」を懸け、「仮染め」「染め」「かへる」「色」と染色にかかわることばが次々とくり出される。「うらみ」には「裏」を懸け、その「裏」は「からころも」「かへす」の縁語だ。全句すべて縁語ならざるはなし、ということばつづき。しかしこれは、修辞力を誇示せんがための修辞ではない。暗号としての比喩が、おのずから選びとったことばつづきである。おそらく、初句を「かりそめに」と詠み出したことによって、第二句以下のことばは、あたかも磁力に引き寄せられる磁石のように、連鎖的につながり出てきたものであろう。これは、当時の「ものの言い方」の定石を踏んだ修辞。定石どおりの修辞であるゆえに、言いにくいことを言うにはまことに都合がよく、しかもそこで言われる真意は、誤解の余地なく相手へ伝わる。

男の暗号としての比喩の強度は、これに対する女の返歌にまで影響を及ぼさずにはおかない。すなわち女の返歌は、「身にしみて深くしなれば」と、贈歌の染色の比喩を直接受けた形で詠み出され、「かへすかたこそ知られざりけれ」と、やはり贈歌と同じ系列の縁語をもって応答している。

もちろん、この時代の贈答歌にあって、返歌が贈歌の詠みようを受けて詠まれるのは常のことであって、右の歌が伊勢だけの特例というわけではない。が、それにしても、この返歌は男の歌の磁場から一歩も外に出られないでいる。ここに見られる贈歌と返歌の表情からは、このときの両者の心理的余裕のあるなしまで感じられて、「かへすかたこそ知られざりけれ」という女のせいいっぱいの抗議も、あるいはかいなきものに終るのではないかと、私などよけいな心配までしてしまう。意識的にか無意識的にか、この男は、言いにくいことを言うために、ここまで修辞に赴いたことばを連ねているのだ。女の方は、それを受け止めるのがやっと、のようである。

では、次のような場合はどうだろう。

にごる江のかた深くこそ浅《あ》せにけれ身をはちすさへ見れば生ひにけり

諸本いずれも詞書がなく、詠歌事情を知る手がかりはないが、たぶん人へ詠み送った歌ではなく、独白的な述懐歌であろう。ことばの表面だけを見れば、

にごり江はすっかりようすが変ってしまった。見ればそこには、蓮《はちす》まで生ひ出てきた。

という謎のような歌だが、裏にはやはり恋の事情があって、ほんとうは、

あの人はまったく心変りしてしまった。気がついてみると、わが身の置かれたはずかしい立場さえ、すっかり人に知られてしまっている。

ということのようである。

第三句「浅せ」は、下二段動詞「浅す」の連用形。従って上句は、表面的には、にごり江はその深みまで水深が浅くなった、ということだが、実は恋人が心変りしてしまった、と言っているのである。下句は、「水脈《みを》」に「身を」を懸け、「蓮」に「恥ぢ」を懸ける。この懸詞のはたらきによって、水から蓮が生え出てきたことと、わが身がはずかしい立場に置かれていることに気付いたということが、表裏ない合わされた形で言われることになる。つまり恋人には見すてられ、気がついてみるとそのことが世間に知れわたっている、という状態。ここでも歌は、比喩によって著しく暗示的に詠まれ、そのことばは修辞への依存を強くする。一首がここまで晦渋に詠まれるのは、作者にこの事態を恥じる気持が、よほど強いからであろう。歌はこのような局面においてもこうして詠まれ、そのときのことばは、このように極めて暗示的な形をとる。これは、作者の心意が堪え得るぎりぎりの限界で言われた、いわば悲鳴のようなことばではないのか。

また、別のところにはこんな歌もある。

根もただに枯れぬる野辺のむらさきになべてと思ひしことぞ絶えぬる

これにも詞書がなくて、具体的にどんな事情のもとで詠まれた歌なのか、わからない。が、「野辺のむらさき」や「なべてと思ひし」のところに古歌が敷かれているので、いくらか推測の手がかりはある。

その古歌とは、

むらさきのひともとゆゑに武蔵野の草はみながらあはれとぞ見る

のこと、『古今集』巻十七に収載されている。この古歌において、武蔵野の紫草は恋人の比喩。その人への思いゆえに、その縁につながる人々までもなつかしく思われると、たしかにこれは恋する者の心理の一面を言った歌だ。この古歌により和歌世界では、武蔵野の紫草は親類縁者を連想させる草となった。

伊勢は、この古歌を下に敷いてこう言っている。

あの人との仲はすっかり絶え、今までわたくしの身内までも大切にしてくれていたあの人の気持は、もはやまったく枯れてしまった。

「根もただに枯れぬる」は、同時に「寝《ね》もただに離《か》れぬる」である。すなわち共寝することもなくなった仲の暗喩。以前のあの人はわが身内の者にまでなにかと親しみの情を見せてくれた、しかし今や紫草の根は絶え、「草はみながらあはれとぞ見る」というようなやさしい気持は、あの人にはまったく残っていない、と。絶えた根。くつがえった水。その事実を、眼をそらすことなく見つめて詠んだ歌だ。

自分ひとりの述懐のように見えるが、ことによると相手へ届けられた歌かもしれない。歌で見るかぎり、作者はもろもろの感情を、少なくともそのことばの上ではしっかりと制御しおおせている。古歌を踏むという迂路をとった上で、紫草の根は絶えた、とだけ言う。

この場合比喩という手法は、人間関係の「枯れ」や「絶え」を言うための、必須の手段として選びとられたものであったにちがいない。またここに連ねられた「根」「枯れ」「絶え」など草にかかわる一連の縁語は、この暗喩の体と不可分のものとしてつながり出てきた修辞であったにちがいない。この間接化した言いまわしは、言おうとする真意を朧化せんがための擬装ではない。むしろ真意をあやまりなく伝えんがための手段である。この暗喩の体と修辞への傾斜は、当事者間の傷を最小限にくい止めながら、言わねばならぬことを確実に言うための、「ものの言いよう」の技術であった。

人事のひずみの中で詠まれる歌は、暗喩の体をとりやすく、かつ修辞への傾斜を強くする。私がそのことに気づいたのは、やはり『伊勢集』を読んでいるうちのことであった。贈答歌盛行の時代、この傾向は他の人においてもそれぞれの姿で見られることであろうが、伊勢には殊にこの傾向が強いようである。

歌枕点描

ほりかねの井

『伊勢集』は、その巻末近くに六十数首の異質の混入歌群を持つ。その大部分が古風な詠風を伝える「よみ人しらず」歌で、一部には明らかに伊勢以外の人の作とわかる歌があり、伊勢より後代の人の歌もまじっている。

そんな歌が六十何首も、どうして伊勢の集の中に入っているのか。おそらくこれらの歌は、もとはなにびとかが個人的に書き集めた覚え書のようなものであったろう。当時の人々は、生活の中で日常的に歌を詠まなければならなかったから、自分のためのいわば参考資料として、古歌や有名歌やあるいは自分がこれと思った歌を、手許にメモしておくことがあった。現代でも歌を詠む人ならば、多かれ少なかれ、これに類することは心がけているだろう。

その、なにびとかの個人的な参考資料は、もと『伊勢集』の巻末に合綴されていたか、あるいは巻末余白に書き集められていたのであろう、それが転写の間に本文と混同され、現在のような形になってしまったのだろうと、このことを最初に指摘なさったのは故関根慶子先生であり、今日ではこれが定説となっている。

従ってこの一群の歌は、伊勢自身の歌とは認められない。ただ現在から言えば、このような混入歌群を持つ集が『伊勢集』なのであって、そこにある歌は伊勢の作と認められなくても、それらもやはり『伊勢集』の歌である。今日の立場から『伊勢集』を読むということは、このような混入歌群を持つ集を読むということである。

この混入歌群にはいくつかの特徴があるが、そのひとつに、歌枕を詠んだ歌が多い、ということが挙げられる。歌枕とは、歌に詠まれる諸国名所のこと。「吉野山」とか「住吉」とか「しほがまの浦」とか、歌に詠まれて有名な地名のことである。この一群の歌を書き集めた人物は、こうした歌枕に強い関心を持つ人であったらしい。そこには、なかなかおもしろい歌枕が見られる。

たとえば、こんな歌がある。

いかでかと思ふこころはほりかねの井よりもなほぞ深さまされる

歌意は、なんとしてもこの思いを遂げたい、というわたしの気持は、あのほりかねの井よりもずっと深いのです、ということ。恋の歌、男性の作と思われる。

ここに詠まれた「ほりかねの井」は、『能因歌枕』や『八雲御抄』などの歌学書にもその名が見え、古くから武蔵野にありとされてきた井戸である。『枕草子』も「井は」の段の第一に「ほりかねの井」をあげている。この井の所在は、武蔵国入間郡《いるまごおり》だという。すなわち今の埼玉県狭山市、そこの堀兼神社という社の境内に、「ほりかねの井」の旧跡があるという。

狭山なら、私が日ごろ利用している私鉄を、西へ三十分ほど乗ったところだ。関係資料や二万五千分の一地形図などを読んでいるうちに、それならちょっと行ってみようか、という気になってしまった。

しかしながら、歌枕の現地を見に行こうなど、歌よみとしては烏滸《おこ》の沙汰である。和歌世界にあって歌枕とは、地理学上の所在が問われる場所ではない。そこが現実にどんなところか、ということが問題なのではない。たとえば「ほりかねの井」なら「ほりかねの井」という名の、そのことばによって喚起されるイメージが肝要なのだ。正徹も言っているではないか、

吉野山はいづくぞと人たづね侍らば、ただ花には吉野紅葉には龍田を詠むこと、と思ひ侍りて詠むばかりにて、伊勢やらん日向やらん知らず、と答ふべきなり。いづれの国と才覚は、おぼえて用なし。

と。つまり歌よみにとって歌枕とは、そこに累積する文学史上のイメージに対して、どれほどの感応を持ち得るか、おのれの感受力の試される地名なのだ。見ぬ吉野・龍田をまさしく吉野・龍田として詠んでこそ歌よみというもの、たとえ三十分で行けるところであろうとも、見に行かぬ

見識を持ってこそ歌よみの名に値する。

などと言ってはみるものの、いったんきざした好奇心は止まるものではない。歌を読み解く作業は歌よみの見識とはまた別のものなんだから、などと弁解をこしらえた上で、西へ行く電車に乗ったのは寒のさなかの一月下旬、それでも穏やかな、光の明るい日であった。

地形図で見ておいたとおり、入曽《いりそ》という駅でおりる。ここから北へ、約三キロ歩けばいいはずである。駅周辺を出はずれると、広い野となった。刈りこまれた茶畑と土ばかりの霜荒れの畑が半々くらい。道は畑の中のまっすぐな舗装路。車が次々に走り過ぎ、歩いている人はない。

途中に逃水《にげみず》という集落があった。ここが歌に詠まれた「逃水の里」だ、と掲示がある。これも歌枕。武蔵野で逃水現象の見られるのはここばかりではないはずだが、ただこの里が、いつからかその逃水の名を伝えてきたのであろう。

冬ざれの畑のそこここに、小さな墓地がいくつも目についた。数基、または十数基。畑の隅々に墓石が寄り合って立っている。新しい墓碑も見えるのは、いまもそこに葬られる死者があるのだろうか。二、三基のさびしい墓地と見えたのが、近づいてみるとその蔭に、古びて小さい碑を七、八基伴っていたりした。

分れ道ごとに木の道しるべがあって、堀兼神社への道に迷うことはなかった。地形図で見るとこのあたりは、いまは富士見里というらしい。堀兼という名の集落は、いまの堀兼神社よりなお一キロほど北にある。

郷社堀兼神社は、竹林や欅の喬木に囲まれて古い社であった。もとは浅間神社と言ったのを、明治になってから堀兼神社と変えたという。森の中に、文字どおりお椀を伏せたような形の、高さ十メートル足らずの円丘がある。その頂きの五十坪ほどの平坦地に、小さな社殿があった。丘は常緑樹におおわれていたが、あまりに丸いその形状からして、あるいは人為的に土を積み上げた丘かもしれない、という気がした。

「ほりかねの井」の跡というものは、この丘のかたわらにあった。周二十メートルばかり、深さは二メートルもない深皿状の窪地が、八角形に柵で囲まれている。窪地の底に小さな井形の石組があるが、もちろん形だけのものである。深皿の縁にあたるところに玉石を積んで防護してあるのも、古いものではあるまい。極めて小規模ながら、形としては武蔵野特有のまいまいず井戸のさまをとどめている。

註して言えば、「まいまいず」とはかたつむりのこと。関東ローム層と呼ばれる地質の武蔵野では、よほど深く掘らないと地下水脈に届かず、その深い井戸から水を運び上げるための工夫として、井の周囲にすり鉢状の大きな窪地を掘りひろげ、すり鉢の内側に渦巻状の道をつけて坂の傾斜を和らげた。この渦巻状の道がかたつむりの殻のそれに似ているところから、まいまいず井戸の名がある。

堀兼神社境内に残る井戸跡の規模ならば、底の井戸までまいまいずの道をつけるまでもないが、この井戸のもとの形が、この程度の小さなものであったはずはない。井戸跡のほとりに、宝永戊子年（一七〇八）に川越藩によって建てられたという石碑があり、その碑文には、「此凹形之地所謂堀兼井之蹟也」の文字がある。すなわち今から三百年前、この碑の建てられたときすでに、そこは「井之蹟」であって井そのものではなかった。現在の井の形から、いにしえ水の汲まれていたころの井の規模を推測することは、困難である。

入曾の駅の近くには、別に「七曲井」というまいまいず井戸の跡が現存しており、ついでだからそこへも足を運んだ。ここは直径二十数メートル、深さ十余メートルの大きな窪地である。井そのものはないが、底まで下る道の痕跡は、かすかにわかる。まいまいず井戸の形式なら、少なくともこの程度の規模は必要であろう。堀兼神社境内の井戸も、それがまいまいず形式のものであったとすれば、もとはよほど大きな窪地であったはずだ。

『埼玉県の地名』（平凡社・日本歴史地名大系）によれば、江戸時代、この入間郡のあたりにこのような井戸は二十七あり、うち九か所が川越藩の手で掘られたという。もちろん、まいまいずの形式そのものは、藩政時代以前からのものである。現在では、この入曽の七曲井のほかに、東京都下羽村市や五日市町にも、まいまいず形式の井戸跡が保存されている。

ところで、一つの井戸を掘るために、井の周囲にこんな巨大なロート状の窪地を掘りひろげなければならないとすれば、人力だけを頼りとしていた時代にあっては、それこそまさしく「掘り兼ね」の名に値する大土木工事ではなかったろうか。この七曲井の近くには、「掘難井」という地名も残っている。旧入間郡に残るこれら「堀兼」「堀難井」などの地名は、井を掘る際の困難を反映したものであったと思われる。掘り兼ねる井、また掘り難き井。都まで聞こえた武蔵野の「ほりかねの井」とは、おそらく特定の一つの井戸をさしたのではなく、武蔵野特有のこのまいまいず形式の井戸のことを言ったのであろう。

ただし都の人々は、このような「ほりかねの井」の実態をおそらく知らなかった。実態は知らないが、掘り兼ねる井というその名には興味を持った。

先にあげた『伊勢集』の歌で、「ほりかねの井」は深い井戸として詠まれているが、『古今六帖』には次のように、浅い井戸として詠まれた歌がある。

武蔵なるほりかねの井の底を浅み思ふこころをなににたとへむ

『伊勢集』の歌は、「ほりかねの井」のことを、掘っても掘っても水脈に行き着かず、深い井戸になった、と解して詠んでいるようだし、『古今六帖』の歌は、掘りにくい井戸だからあまり深くは掘れない、と解して詠んでいるようである。どちらにもそれぞれ、一応の論理的説明はつけられる。しかし歌が詠まれる現場では、このような意味づけはさほど厳密に吟味されるわけではない。比喩というものは、感覚的にわかればいいのである。要するにどちらの歌も、掘り兼ねる井、というその名のおもしろさに興を覚えて詠んだのだ。ことばのおもしろさの周辺でなら、「ほりかねの井」は、深いことの比喩にも浅いことの比喩にもなり得る。こうしたところにも、実態とはかかわりなく歌に詠まれていた「ほりかねの井」の、歌枕としての性格は見てとれよう。

入曾のあたりを歩いてから私は、「ほりかねの井」と呼ばれたものは本来ひとつの井をさす固有名詞ではなく、まいまいず形式の井戸一般のことだったのだ、と思うようになった。堀兼神社に残る「ほりかねの井」の旧跡は、あの「逃水の里」と同様、そのことばによって言い表わされていたものの具体例のひとつ、として見ておけばよい。

久米のさら山

『伊勢集』混入歌群の中には、こんな歌もある。

　美作《みまさか》や久米のさら山さらさらにむかしの今もこひしきやなぞ

初句と第二句は、次の「さらさらに」を導き出すための序詞。「さら山さらさらに」と、同じ音をくり返した技法である。この序詞は修辞的に置かれたことばだから、意味の上では直接にはなんのはたらきもしていない。従って歌意は、

　いまさら、いまさら、むかしのことがこんなに恋しいとは、いったいどうしたということだろう。

というようなことになる。みずから訝しむような言い方によって、切ないほどのむかし恋しさを述べたものだ。

　もっともこれだけでは、なにゆえそんなにまでむかしが恋しいのか、その点がはっきりしないので、この懐旧の情の切なさも、読む側にはすっきりと通じないところがある。群書類従本では下句が「むかしのいもし恋らるるかな」となっていて、これだと明らかに恋の歌。いまになって

いっそう、むかしのあの人が恋しくてならないなあ、と述懐した男性の歌になる。捨てた恋か、失った恋か。とまれはるかなのちの日に、むかしの人をしみて恋う男の歌。そしてこれならば、なるほどそういうことかと、読む側にも事情がよくわかる。

さて、ここに詠まれた「美作や久米のさら山さらさらに」ということばのつづき方だが、これには『古今集』に次のような古歌があって、歌としてはその方がよく知られている。

美作や久米のさら山さらさらにわが名はたてじよろづ代までに

これは、清和天皇即位のときの大嘗祭に、美作国から奉られた歌である。初・二句はやはり「さらさらに」へかかる序詞、「さらさらに」は次の句「わが名は立てじ」の否定形と呼応して、決して決して浮名など立てられたりはすまい、という強調した言い方になる。歌意からするとこれも本来は恋の歌なのだが、「よろづ代までに」に賀意ありとして、大嘗祭に奉られたのであろう。

なお、これに関連して催馬楽《さいばら》には、

美作や
久米の　久米のさら山
さらさらに
なよや　さらさらに

なよや　さらさらに
わが名　わが名は立てじ
よろづ代までにや
よろづ代までにや

という曲がある。催馬楽は、奈良時代に民謡として謡われていたのを、平安時代になってから宮廷雅楽の曲としてとり入れたものだ。ここでは第二句以下すべてにくり返しがあり、謡われた曲としての特徴がよく見てとれる。わけても「さらさら」の反復は、聴覚に快く訴えて、音曲的効果をあげたであろうことが思われる。先にあげた『古今集』清和天皇大嘗祭の歌も、もとの美作国では、こんな感じで歌謡的に謡われていたのかもしれない。いずれにしてもこの歌は、本来美作国という地方に根を持つ古い伝承歌であったはずである。

ところで、はじめに掲出した『伊勢集』の歌は、上三句が『古今集』の美作歌とまったく同じである。これは、美作国という地方的な出自を持つこのことばの言いまわしが、和歌世界にとりこまれて慣用句化したものではなかろうか。すなわち上句の序詞の置き方はそのままでも、「さらさらに」という第三句との関係を組み替えさえすれば、下句はいろいろに言うことができる。『伊勢集』収載歌の下句「むかしの今もこひしきやなぞ」は、『古今集』収載歌の「わが名はたてじよろづ代までに」とは、もはや類歌という概念では括れないほどの懸隔を見せ、それが単なる誤写や異伝というレベルの相違ではないことを示している。むしろこれは、意図的な下句言い替えであろう。そしてこのような言い替えがなされているということは、「美作や久米のさら山さらさらに」という序詞の置かれ方が、すでにその本来の風土性を脱して、和歌世界における一種の慣用的修辞となっていたことを、物語るものではないのか。

ここですこし脱線するが、『古今六帖』には、「人のこころをいかがたのまむ」という一つの下句に対して、四十通りの上句のつけ方があることを具体的に例示したところがある。「人のこころをいかがたのまむ」とは、人のこころをどうしてあてにできようか、できない、という意味で、恋歌の下句なのだが、それに対して四十通りもの上句のつけ方があるということは、つまりは恋の場では、男も女もそれぞれに、相手の心のあてにならなさを思い知る場面がそれほど多いのだ、ということの証拠なのだろうか、どうだろう。

いやそれはともかくとして、このただ一つの下句に対して『古今六帖』は、たとえば「かたなもて流るる水は切りつとも」とか、「火を打ちて水のうちにはともすとも」とか、「荒るる馬を朽ちたる縄につなぐとも」とか、およそこの世にあり得ないことのかずかずを仮定してみせる。「しろき毛を濃きみどりには返すとも」と、なにか切ない上句もあれば、「入る月を山の端にげて入れずとも」と『伊勢物語』を踏んでみせた上句もある。『古今六帖』という本は、作歌のための実用手引書として編まれたものだから、このように四十種類にものぼる言い替えの具体例をあげて、実地に、実作のためのノウハウを教えるのである。

そして、この『古今六帖』の例ほど極端ではないものの、これにいくらか似た状況が、先に見た「美作や久米のさら山さらさらに」をめぐっても生じていたのではないか。つまりこの上句に対しても、下句の言い替え可能な状況が生まれていて、やがて『伊勢集』の「さら山」歌のように詠み替えられたりしていたのではなかろうか。

それに『伊勢集』では、この「久米のさら山」の歌につづいて、

山川にさらす手づくりさらさらにむかしのいもよ恋ひらるるかな

という一首を収載しているのである。これは『万葉集』巻十四東歌に、

玉川にさらす手づくりさらさらになにぞこの児のここだ愛《かな》しき

とある歌の変形であって、もとは武蔵国多摩川という地方的な出自を持つ恋歌だ。

「美作や久米のさら山さらさらに」と「山川にさらす手づくりさらさらに」と。どちらも初・二句は同音反復をもって第三句「さらさらに」へかかる序詞だ。「さらさらに」を言うために、それぞれお国ぶりの序詞を置いているわけだが、問題はこの二つの歌の下句である。「美作や」

の方は「むかしの今もこひしきやなぞ」。「山川に」の方は「むかしのいもよ恋ひらるるかな」。この両方にはかなりの近似が認められる。近似しているだけでなく、「山川に」の下句は、その原歌の下句「なにぞこの児のここだ愛しき」よりも、「美作や」の下句「むかしの今もこひしきやなぞ」にずっと近くなっている。

これなどは、「さらさらに」に対する下句がいろいろに言い替えられているうちに、下句が相互に影響し合い、混同し合ったことを物語るものではないか。こうなると、「さらさらに」に対する上句の置き方も、また「さらさらに」に対する下句の置き方も、それぞれに部品化して、いわば組み替え自由、言い換え自由の状態が生まれていたか、と思いたくなる。伝承歌にあっては、このような相互影響や混同は自然発生的に生ずるものだが、贈答歌の世界ではむしろ意図して部品交換を行なうことがある。そのもっとも著しい例が、さきにあげた『古今六帖』の「人のこころをいかがたのまむ」の場合であろう。そして『伊勢集』混入歌群中の「美作や久米のさら山さらさらに」の歌の下句もまた、それと同質の意図的な詠み替えの一例であるような気がしてならない。

さて、後になってしまったが、「久米のさら山」という歌枕、その現地について述べよう。

まず「美作」は旧国名、山陽道八か国のひとつで、現岡山県の北部にあたる。「久米」はその美作国内の一地域、現在の津山市の西の部分である。「さら山」はまたその久米の中の小地名で、久米のうちではもっとも津山寄りのところだ。昭和初期の行政区分では、久米郡佐良山村と言っていたが、今は津山市に編入されている。「皿川」という小さな川が流れ、その川の流域が旧佐良山村である。

十四世紀、鎌倉幕府討伐に失敗して隠岐へ流された後醍醐天皇は、隠岐への途中この「久米のさら山」を通った。『増鏡』巻十六「久米のさら山」には、そのとき天皇の詠んだ歌、

聞きおきし久米のさら山越えゆかむ道とはかねて思ひやはせし

が記し残されている。かねて歌で聞き知っていた「久米のさら山」を、こんなことでみずから越えようとは思いもしなかったのだ、と詠まれた歌。天皇の痛憤の思いと共に、歌枕としての「久米のさら山」の名高さもまた、窺い知ることができる。

このように、『古今集』以来の歌枕として著名であっただけに、「久米のさら山」については、江戸時代からその所在がこまかに論ぜられて来た。旧佐良山村にある嵯峨山がそれだとか、神南備山がそうだとか、いや笹山がそれなのだとか、いろいろ言われたようである。しかし吉田東伍の『大日本地名辞書』（冨山房）はそれらの説を斥けて、「蓋《けだ》し古歌の言ふ所汎称のみ。後人之を

知らず、彼に擬し是にひきあてたり。」と言い、「佐良山は佐良荘山岳の泛称なり。」と明快に断じている。すなわち「久米のさら山」は、具体的なひとつの山の名ではなく、その所の地名なのだ、ということである。近現代の『古今集』註釈書も、ほとんどが「久米のさら山」を旧久米郡佐良山村のこと、としている。

ついでに、この「美作や久米のさら山」という地名の表わし方についても一言しておきたい。これは、まず広く国名を言い、次にその中の一地域を言い、最後にその中の一局地を言うもので、次第に地域を狭めていって当該地を示す方法だ。歌では「さざなみや志賀の唐崎」とか、「津の国の難波の御津の」などと、よく出てくる地名の言い方である。「いそのかみ布留の」とか、「片岡のあしたの原の」など、二段階で言う例ならもっとよく出てくる。そして現代の私たちも、わが住所の表示をはじめとして、ものの所在地を示すときたいていこの方式で言い表わしている。地理的な位置を示すには、いちばんわかりやすい表示法なのである。

かえる山

忘れてはよに来じものをかへる山いつはた人に逢はむとすらむ

これも、『伊勢集』混入歌群中の歌である。およその意味を言えば、

わたくしのことを忘れてしまったら、もう決してあの人が訪れて来ることはないであろうに、あのかえる山の名のようにふたたび帰りくる人に、いつまた逢えることであろうか。

というようなこと。終ってしまった恋の、そのあとにとり残された女性の歌。「よに来じ」は、決して来ないであろう、の意。「かへる山」は地名、「いつはた」は「五幡《いつはた》」という地名に「いつまた」という意味の「いつはた」を懸けてある。

同じ歌が『新古今集』には、

忘れなむ世にも越路のかへる山いつはた人に逢はむとすらむ

と、初・二句がすこし変って収められている。ことばのちがいはわずかだが、こうなると歌意はよほどちがってきて、

わたしのことをあなたがたが忘れてしまったとしても、わたしはここへ帰って来たいと思

うが、いつまたそんな日が来て、なつかしいあなたがたに逢えるだろうか。

と、旅立つ人が親しい人々との別れを惜しんだ歌となる。ただ、どちらの場合も、そこに「かへる山」「五幡」という二つの地名が詠みこまれていることは変らないが。

右の歌に、「越路のかへる山」と詠まれているように、「かへる山」は越前国の地名である。「五幡」もまた、越前敦賀湾沿いの地名だ。

現在の北陸本線に乗って福井方面に向かうとき、長い北陸トンネルを抜けたところに、南今庄という山間の小さな駅がある。この駅の前を西から東へ流れているのが鹿蒜川《かひる》。この鹿蒜川に沿う一帯が『和名抄』に「鹿蒜郷」として見えるところであり、すなわち歌に詠まれた「かへる山」である。鹿蒜という地名は、『和名抄』では「加倍留」と訓じているが、同郷にある鹿蒜神社が古くは「加比留神社」と表記されているところを見ると、「かへる」「かひる」両様に言われていたのかもしれない。ただし和歌においてこの地名は、もっぱら「帰る」に懸けて「かへる山」と詠まれた。南今庄には、いまも「帰」の字《あざな》がある。

若狭と越前の国ざかいには、南北に連なる山地がある。両国間を往来するには、どうしても越えなければならない山だ。高いところで標高七百メートルばかり。さほど険しい山というわけではないのだが、深い山つづきなので、北陸道難所のひとつであった。

そのころ北陸道を都へ上るには、現在の今庄から日野川沿いを南下し、その支流の谷から山中に入って板取という集落を過ぎ、木ノ芽峠を越えた。能の「安宅」の道行《みちゆき》に、

松の木ノ芽山　なほ行く先に見えたるは　杣山人《そまやまびと》の板取

と謡われるのは、右のコースを逆に下っているわけで、能の中の義経・弁慶一行は、木ノ芽峠を越えて北陸へ落ちて行ったことになっている。

しかし、この木ノ芽峠より北に、もうひとつ国ざかいを越える古道があった。それは現在の南今庄から鹿蒜川沿いの狭い谷を山中へさかのぼり、西へ迂回するコース。この道が鹿蒜郷を通過するあたりの山地が、歌に詠まれた「かへる山」であった。昭和三十七年に北陸トンネルが開通するまで、旧北陸本線の通っていたのがこの鹿蒜川沿いの谷である。つまり旧北陸本線は、むかしの「かへる山」のコースを通っていた。

この古道が山中のどのあたりで峠を越えたのか、今日からはよくわからないが、いずれにしても分水嶺を越えると眼下はもう敦賀の海、という地形である。敦賀に出てからの道がどのあたりで海辺に達したか、これもたしかにはわからないが、少なくともそれが敦賀湾沿いの五幡の浦を通っていたことだけはまちがいない。

「かへる山」を越えるこの古道のことは、『万葉集』の大伴家持の歌にこう詠まれている。

かへるみの道行かむ日は五幡の坂に袖振れわれをし思はば

家持は、三十歳のころ越中守として任地にいた。そこへ都から田辺福麻呂という人がやって来て、しばらく滞在していたがやがて都へ帰ることになった。別れにあたって家持の詠んだ歌がこれである。

ここを発って「かへる」のあたりの道を帰って行くときは、どうか五幡の坂で袖を振ってくれたまえ。もし、ここにこうして残っているわたしのことを思ってくれるならば。

と言っている。別れの悲しみに加えて、なお越の国に残らねばならないわが身を嘆くこころもこめられていよう。「五幡の坂に袖振れわれをし思はば」は、読み返すたびになぜか悲しみを誘われることばである。

このように「かへる山」の道は、奈良時代のむかしから都と越の国とをつなぐ要路であり、そこを越えて越の国へ赴任する官人も少なくはなかった。下る人、それを見送る人にとって、「かへる山」の名はやはり心に刻まれて忘れがたい地名であったにちがいない。『古今集』にある「かへる山」の歌を二首見ておこう。

越へまかりける人によみてつかはしける　紀　利貞

かへる山ありとは聞けど春霞たち別れなば恋しかるべし

「かへる山」という山があるそうだから、君もすぐ帰ってくるにちがいないが、いま別れてしまったら、やはり君のことが恋しいだろうなあ、と詠んでいる。「かへる山」に托して、帰るを待つこころを述べたものである。

あひ知れりける人の、越の国にまかりて、年経て京にまうできて、
またかへりける時によめる　　凡河内躬恒
かへる山なにぞはありてあるかひは来てもとまらぬ名にこそありけれ

これは、長いこと越に下っていた人が、京にもどってきたのにまた越へ帰ることになった、というとき詠んだもの。

「かへる山」だというから、君が都へ帰ってくることかと思ったら、都にとまらずまた越へ帰ることだったなんて。帰るという名のかいもありはしない。

と言っている。せっかく逢えた知人をまた見送らなければならないさびしさを、「かへる山」への非難、という形で詠んだものである。これらの例に見るとおり、そのころの人々にとって「かへる山」は常に「帰る山」であった。

しかもこの「かへる山」は、時代が下るにつれて「五幡」との結びつきを強くする。「かへる山」と「五幡」は、越と都をつなぐ古道上の二つの地名であったが、この二つの地名を結びつけ

ると「いつはたかへる」となる。すなわち、いつまた帰るか、の意。歌枕「五幡」と「かへる山」は、次第にこの意味を強めて用いられるようになる。『枕草子』が「山は」の段に、「五幡山、帰山」と並べてあげているのも、おそらくその意識からであったろう。

ただ断っておけば、『枕草子』は「五幡山」と言うけれども、『枕草子』以前に「五幡」が山として詠まれた例はない。「五幡」は浦の名であって山の名ではないのだから。しかし『枕草子』は、「いつはた」と「かへる」を並べたくて、「山は」の段に入れて「五幡山」としたのであろう。

この「いつはた」と「かへる」の組み合わせは、たとえば『後撰集』にこう詠まれている。

あひ知りて侍りける人の、あからさまに越の国へまかりけるに、幣《ぬさ》

こころざすとて　　　　　　　　よみ人しらず

われをのみ思ひ敦賀の浦ならばかへるの山はまどはざらまし

返し

君をのみいつはたと思ひこしなればゆききの道ははるけからじを

贈歌・答歌共に「よみ人しらず」だが、贈った方は女性、返歌は男性であろう。越へ旅立つ人を見送って、贈歌はこう言っている。

わたくしのことばかり思って敦賀の浦をいらっしゃるのでしたら、帰りの道にお迷いにな

ることはないでしょうね。

「かへる」の山の名に寄せて、早く帰ってほしいと言っているのである。そこで旅立つ男はこう答えた。

あなたのことばかり、いつまた逢えるかと思って越路へ下りますから、往復の道中もそう

遠いことはないでしょう。

「いつはた」に寄せて、すぐ帰りますよ、と言っている。

このように「かへる山」と「五幡」は、別れの場面でまことに有効にはたらく歌枕であった。わけても「かへる山」は、旅立つ人、見送る人、旅にある人、帰りを待つ人、それぞれによって、切実な思いを托して言われる山の名であった。

ところで、この「かへる山」の道について、『紫式部集』に非常に興味深い記事がある。紫式部は十代の末ごろ、父為時が越前守となったのに伴われて、その任地に下ったことがある。一年ほど越前で暮らして、都へ帰るとき「かへる山」の道を通った。

都のかたへとて、かへる山越えけるに、よびさかといふなるところのわりなき懸路《かけぢ》に、輿《こし》もかきわづらふを、おそろしと思ふに、猿《まし》

の、木の葉の中よりいと多く出で来たれば

猿もなほをちかたびとの声交はせわれ越しわぶる多古《たこ》のよびさか

ここでは、歌よりも詞書に描かれた情景に心が奪われる。都への帰途、「かへる山」を越えたとき、「よびさか」というところを通った、実に険しい山道で、輿をかく者たちも難渋するのを見て、まことにおそろしい思いがした、そんなところへ、繁った木の葉の中から猿の群が出て来た、というのである。

「よびさか」と呼ばれているところの現在地は確認できないが、おそらく「かへる山」の道を登りつめる峠近いあたりの坂であったろう。そこで紫式部たちは猿の集団と遭遇した。式部たち一行も、供の者や輿をかく者たちを従えてある程度の人数であったはずだが、猿たちは、このにんげんの群をいっこうに気にしていない。にんげんと猿と、やはり猿の方が多勢であったのか。それにしても、ここに描かれた山中は、まったく猿たちの天地であってにんげんの領分ではない。輿もかきわずらって木の根のあたりに腰をおろしていたであろうにんげんたちと、そんな闖入者など意にも介さず、木の葉をゆさぶって啼き交わしながら山中を移動してゆく猿の一団と。この光景は、実に印象的である。

歌に詠まれた「かへる山」は、こんなに深い山中を通っていたのである。

音羽山と音羽川

「音羽」という地名は、歌では「音羽山」「音羽川」「音羽の滝」などと詠まれるが、山城国には「音羽」と呼ばれるところが三か所あって、それぞれのところに「山」も「川」も「滝」もあった。

と言えば、めんどうなことになりそう、と思われそうだが、歌の世界ではそれほどの混乱は生じていない。では、その三か所の「音羽」を巡覧してみよう。

最初は、山科の音羽。山科盆地の東には南北に連なる山々があって、山城国と近江国とを境している。この連山のひとつの峰が、音羽山である。北にはかの逢坂山がつづき、逢坂の関を越える旅人は、かならずその南方に音羽山を見たはずだ。現在は新幹線がこの山の真下をくぐり抜けていて、「音羽山トンネル」と呼ばれている。

山科の音羽山は、『古今集』によく詠まれた山であった。たとえば、

山科の音羽の山の音にだに人の知るべくわが恋ひめかも

という「よみ人しらず」歌。歌意は、

わたくしが人に噂を立てられるような恋をするでしょうか、そんなへまなことはしません。ということ。初・二句は「音にだに」を導き出すための序詞だから、この「音羽山」は歌意には直接関与しないが、「山科の」とその所在がはっきり示されている。

題しらず　　　在原元方

音羽山音に聞きつつ逢坂の関のこなたに年を経るかな

これも恋歌。あの人のことは評判に聞くばかりで、なかなか逢うことができないなあ、と詠んでいる。音羽山と逢坂山は峰つづき、という地理的位置関係を考えて読むことによって、よりよく理解できる歌。これも山科の音羽山である。

石山にまうでける時、音羽山の紅葉を見てよめる　　　貫之

秋風の吹きにし日より音羽山峰のこずゑも色づきにけり

詞書によって、石山寺参詣途次の歌と知られる。石山寺は近江国瀬田川のほとり、京からは山科の音羽山を越えた向う側である。

そのほかにも『古今集』には、

音羽山のほとりにて、人を別るとてよめる　　　貫之

音羽山こだかく鳴きてほととぎす君が別れを惜しむべらなり

という送別歌や、

音羽山を越えける時に、ほととぎすの鳴くを聞きてよめる

紀　友則

音羽山けさ越えくればほととぎすこずゑはるかに今ぞ鳴くなる

というさわやかな夏歌などがある。これらも、特に「山科の」と言われているわけではないが、おそらく山科の音羽山であろう。

この音羽山に源を発して、山城国側へ流れ出るのが山科音羽川である。山科盆地に出てしばらくは西に流れ、やがて南へ曲がって安祥寺川へ合流する。川というよりは、流れと言った方がふさわしいほどの川だ。

この山科音羽の川や滝については、それの詠まれたたしかな証歌がない。ひとつだけ『古今集』墨滅歌《すみけちうた》に、

山科の音羽の滝の音にのみ人の知るべくわが恋ひめやも

の一首があって、「山科の音羽の滝」が詠まれているように見えるけれども、これは最初に掲出した「山科の音羽の山の」の歌の異伝と思われるので、これをもって「山科の音羽の滝」の確実

な証歌とするわけにはいかない。

こうしてみると、山科の音羽は、『古今集』ではもっぱら「音羽の山」として詠まれているようである。

音羽山と音羽川

次の音羽は東山清水寺。寺の背後の山が「音羽山」であり、寺も山号を「音羽山」という。境内に有名な「音羽の滝」があって、それが細く流れ落ちる一条の水であることは、清水寺に参詣した人ならばよく知っている。清水寺の「音羽山」や「音羽の滝」は、あまり歌に詠まれることはなかったが、能の「田村」の冒頭、ワキの道行《みちゆき》には、

影ものどかにめぐる日の　かすむそなたや音羽山　滝のひびきも静かなる　清水寺に着きにけり

と、「山」と「滝」が謡われている。

もうひとつの音羽は、比叡山の西麓にある。現在の左京区、修学院離宮の南方を西へ流れる小さな川があって、これが音羽川である。源は比叡四明岳に発し、末は高野川に入る。この音羽川は、次のように『伊勢集』の中でその所在が確認できる。

ある大納言、比叡坂本に音羽といふ山のふもとに、いとをかしき家つくりたりけるに、音羽川をやり水にせき入れて滝落しなどしたるを見て、やり水のつらなる石に書きつく

音羽川せきれて落すたきつせに人のこころの見えもするかな

詞書の中にある「ある大納言」とは、藤原敦忠のこと。左大臣時平の三男で、美貌に恵まれ、和歌管絃の道に秀でた人であった。伊勢から見れば、娘中務よりやや年長、というほどの若い世代の人である。かつて伊勢は、この人に依頼されて屏風歌を詠んだことがある。ここには「大納言」と言われているが、実際の敦忠は権中納言のうちに三十八歳で世を去った。

その敦忠が、比叡坂本の音羽という山のふもとにすばらしい山荘を造った。庭園には音羽川の水を引き入れ、流れの途中には滝のように水の落下するところも作られていた。歌に「せきれて」と詠まれているのは、「せき入れて」の約である。当時の貴族の邸宅の庭には、「やり水」といって人工の流水が設けられるものであったが、この敦忠山荘はおそらく地形の利もあって、やり水の途中に滝を作るほどの落差を求めることができたのであろう。そこを訪れた伊勢は、滝のある庭園のさまを眺めて、さすがにすばらしいご趣向ですね、とあいさつした。それが右の歌である。なお『拾遺集』で見れば、このときの敦忠山荘訪問には娘中務も同行しており、母と共に

歌を詠んでいる。おそらく、伊勢晩年期のできごとと思われる。

さて、右『伊勢集』の歌の詞書に「比叡坂本」と言われているのは、旧修学院村音羽川沿いの一帯で、いまの林丘寺や鷺森神社のあるあたりである。そのころ京から叡山に向かう人は、この音羽川の谷から山中へ入り、川の北岸の尾根へ出て四明岳を目ざした。『山城名跡巡行志』や『山城名勝志』に、「雲母坂《きららざか》」と呼ばれているのがこのコースである。この音羽川が旧修学院村の平地に出るあたりを「比叡坂本」と言うのは、つまりそこが比叡山への坂の下であったからで、またそこを「西坂本」と呼ぶこともあったのは、叡山東麓の江州坂本に対して西の坂本、という意味であった。江州坂本が現在に到るまで現地にその地名をとどめているのに対して、ここ西坂本の方はその地名が残らず、そこが叡山への登り口であったことも忘られかけている。

『伊勢集』によれば、このあたりに「音羽といふ山」があったことになるが、それがどの峰であったかは、わからない。どれかひとつの峰ということではなく、音羽川ぞいの山を「音羽といふ山」と言っているだけなのかもしれない。この西坂本の「音羽といふ山」は、歌に詠まれることもなかった。

歌の世界で西坂本の音羽は、川と滝によって知られる。それは、右の伊勢の歌よりも早く、『古今集』に次のように二首の歌が並び収められて以来のことである。

比叡の山なる音羽の滝を見てよめる　　　忠岑
落ちたぎつ滝のみなかみ年つもり老いにけらしな黒きすぢなし
同じ滝をよめる　　　躬恒
風吹けどところも去らぬ白雲は世を経て落つる水にぞありける

作者はどちらも『古今集』の撰者。滝は山中深いところにあったと思われ、どちらの歌にも、山にわけ入ってそれを見たときのおどろき、という雰囲気が感じられる。詠法としては擬人法や比喩という間接表現をとりながら、ここに詠み出された滝の表情には、かえってリアルな臨場感がある。この二首が同時詠かどうか、明確には言われていないが、このように詠み並べられた滝の印象は、やはり強い。

『山城名勝志』によれば、西坂本の音羽川には三つの滝があって、一の滝・二の滝・三の滝と呼ばれていたという。特に三の滝については、「飛流九尋を下る」とか、「碧潭に玄蛇栖む」などと、かなり神秘化した形容が加えられている。しかしまた、この数十年間石を切り出したために二つの滝はなくなり、いまは一つを残すのみ、とも記されている。

「庭のすなご」のところ（98頁）で述べたとおり、叡山西麓では白川石という美しい花崗岩を産出した。音羽川沿いの谷はその採石地でもあったわけで、江戸時代におけるこの地の石材切り出し作業には、滝の形を変えるほどのものがあったらしい。二万五千分一地形図で見ると、この川には、かなりの上流へかけて小さな堰の記号がいくつも打たれているが、あるいはそれらは、古くからの採石作業に関連して造られた治水設備のなごりであろうか。とまれ、忠岑や躬恒が見た「比叡の山なる音羽の滝」は、『山城名勝志』が言う三つの滝のうちのどれかであったろう。

このように、西坂本の音羽川は、『古今集』以来滝によって知られる川であったが、のちに、敦忠山荘で詠まれた伊勢の歌が『拾遺集』にとられると、そこには、水をせき入れる川、というイメージが新しく加わるようになる。たとえば、

山風の吹きぬるからに音羽川せき入れぬ花も滝の白波　（千五百番歌合）

音羽川せき入れし水にかげとめて人のこころを月に見るかな　（続古今集）

などは、いずれも伊勢の歌の影響下で詠まれた歌である。このような、水をせき入れる音羽川の歌は、時代が下ってもなお詠まれつづけた。

補足しておけば、この音羽川も、細い流れなのにたびたび水害をひき起した川である。昭和四十七年には、人命の失なわれるような災害があった。山中の急湍が谷を出るところが、大和長谷寺門前の初瀬川とも似た地形であり、どちらもたびたび鉄砲水の出たところである。現在の音羽川は、流れが谷を出る一帯に高い堰堤や沈砂池などが設けられ、砂防学習ゾーン・モデル地区と

して整備されている。むかし伊勢が訪れた敦忠山荘は、このモデル地区のあたりであったらしい。

総じて『古今集』『後撰集』のころの歌では、「音羽山」は山科、「音羽川」や「音羽の滝」は西坂本、として詠まれているようである。ただし、単純にそう言ってしまえない面もあった。「音」には評判、噂などという意味があって、

よそにのみ聞かましものを音羽川渡るとなしに見なれそめけむ　（古今集）

ありとのみ音羽の山のほととぎす聞きに聞こえて逢はずもあるかな　（後撰集）

などは、その意味の「音」を言うために「音羽川」や「音羽の山」が使われている。これらの場合、そこに詠まれた「音羽川」や「音羽の川」は、いわば修辞的に用いられたことばなのだから、詠む人の意識がその川や山の実際の所在にどこまでむずかしくこだわっていたか、それは疑問である。そのころの歌には、こうした修辞のためだけの「音羽」も、実は少なくない。

原郷の景

父継蔭に関して三つ

まず、継蔭の母、すなわち伊勢の父方祖母について。

伊勢の父継蔭は、参議左大弁藤原家宗の二男である。家宗は、長い弁官歴を持つ有能な実務官僚で、清和朝後期に参議となり、陽成朝初頭に世を去った。弘蔭・継蔭という二人の男子があり、この弟の方が伊勢の父である。

弘蔭・継蔭の母について、『尊卑分脈』は「中納言山蔭卿女」としている。名前から考えて、二人が同母の兄弟であったらしいことは充分に推測されるが、この兄弟の母が「山蔭卿女」であったという点については、以下に述べる理由によって、私はあり得ないことだと考える。

中納言山蔭は、伊勢の祖父家宗が歿した翌々年に参議となり、光孝朝で中納言へ進み、宇多朝仁和四年（八八八）に歿した人である。『公卿補任』に記された年齢から計算すると、天長元年（八二四）の生まれで、家宗より七歳年下になる。『尊卑分脈』に従えば、その山蔭の娘が家宗の妻となって生んだのが弘蔭・継蔭兄弟ということになるわけだが、右に見たような山蔭の年齢から考えて、その娘はどう多く見積っても弘蔭・継蔭らと同世代の人であろう。

この場合、山蔭の子公利が、延喜二年（九〇二）に六位蔵人をつとめていることが、いくらか参考になろうか。六位蔵人というのは、中級貴族が比較的若いころにつとめることが多く、伊勢の父継蔭は陽成朝元慶年間に――つまり公利より二十年ほど前に――これをつとめている。ただし、念のため言いそえておけば、公利が蔵人をつとめたころは六位蔵人の上に五位蔵人というのも置かれていたが、継蔭の蔵人時代にはまだ五位蔵人はなく、蔵人といえばみな六位であった。継蔭もそのとき正六位上である。従って継蔭の蔵人と公利の六位蔵人とは厳密に言えば同位置とは言えないのだが、ただ共に六位であるから、およその比較にはなるであろう。

この状況から考えると、山蔭の子公利は、家宗の子継蔭よりかなり年下かと思われ、となると公利の姉妹にあたる山蔭女も、ことによると継蔭より年下かもしれない。つまり家宗と山蔭の娘とのあいだには、どう少なく見積っても、親子ほどの年齢差がありそうである。

家宗と山蔭女のあいだに親子ほどの年齢差があったとしても、そのくらい年齢の開いた婚姻はあり得ないことではないから、そのこと自体は問題でもなんでもない。しかしその若い山蔭女が、自分と同世代か、ことによると自分より年上かもしれない弘蔭や継蔭を生むことは、これは不可能である。

それゆえ私は、弘蔭・継蔭の母を「山蔭卿女」とする『尊卑分脈』の記載には、なんらかの錯誤があるものと考える。『古今和歌集目録』は、継蔭の母を「刑部氏」としているが、むしろこれに従うべきであろう。

次は継蔭の官歴について。

家宗の子弘蔭と継蔭は、父と同じく文章生から出発した。家宗は手堅い実務能力によって参議にまで到った人であったから、わが子たちに対してもやはり実務能力で勝負することを期待したのであろう。

文章生とは、大学寮に入ってのち寮試を受けて擬文章生となり、さらに式部省の省試を受けてこれに合格した者のことである。大学寮への入寮年齢は十三歳以上十六歳以下。入るのに試験はなかったが、文章生まで行くのは容易でない。文章生の定員は二十名だが、毎年欠員分しかとらないから試験の行なわれない年もある。当然、狭き門となる。実例にあたってみると、古いところでは延暦八年（七八九）に菅原清公が二十歳で文章生に合格しているが、これは優秀すぎる例である。後代の大江匡衡は、擬文章生から文章生に達するのに、八年かかった。

しかし弘蔭も継蔭も、よく父の期待にこたえてその省試に合格した。文章生となったとき継蔭が何歳であったかはわからないが、『古今和歌集目録』で見ると、以後の継蔭の官歴は順調である。すなわち、文章生となって二年後に宮内少丞に任官、式部少丞を経て八年後には式部大丞・蔵人となっている。さらにそこから二年後に叙爵（従五位下に叙されること）、同時に三河守に任ぜられた。

長いあいだ私は、継蔭のこの叙爵までの経歴の意味するところを、充分には理解していなかった。しかし先年『平安貴族の環境』（平成六年・至文堂）で「平安時代の地方官職」（大津透）を読んでいて気づいたことがあった。そこには、蔵人や式部丞・民部丞などの要職を経た人々が、毎年叙爵されて順次地方官に任命されてゆくという、受領巡任のシステムのあったことが述べられている。伊勢の父継蔭の文章生から叙爵までの経歴こそ、まさしくその受領巡任のモデルコースのひとつを示しているではないか。継蔭は、国司に到るための典型的なコースのひとつを、着実に通過しているのである。父家宗とは宮内少丞時代に死別しているから、これは親の七光りなどで得られたものではない。しかも継蔭は、国司任官後も三河守・伊勢守・大和守と間をおくことなく歴任し、その任国は、任が改まるごとに主要な国へと移っている。

おそらく継蔭は、その父の血を享けて、学生としても官人としても有能な人であったにちがいない。光孝朝末年のころの継蔭の位階は、一時的ながら兄弘蔭を超えている。またその弘蔭も、のちに従五位上大学頭に到った。ついでに言えば弘蔭の子繁時も、後年大学頭となった人であり、この一家には、堅固に知的な環境が備わっていたようである。

歌から推して伊勢は、苦境にあって自己を見失なわず、ものごとを判断するに感情をもってしない、というタイプの人であったように見受けられるのだが、こうした資質は、やはり父祖より受けたものではなかったろうか。


次は継蔭が世を去った時期について。

光孝朝までの継蔭の名は、『日本三代実録』にも出てきて、かれの官人としての動静の一端を知ることができる。しかし宇多朝以降は、『日本紀略』がその名のとおり簡略な記述となるから、地方官級の人事異動までは記載されなくなる。従って、宇多朝以降の正史にもう継蔭の名は現われず、その後の継蔭の履歴を知るための資料としては、『古今和歌集目録』しかないことになる。

その『古今和歌集目録』によれば、寛平三年（八九一）正月に任官した大和守が、継蔭の最終官となっている。当時の国司の任期は通常四年間であったから、継蔭も寛平六年（八九四）いっぱいでその任を終えているはずである。大和守任了後の継蔭の事跡は記されていない。歿年も不明である。

なお、『尊卑分脈』の継蔭の註には、薩摩守・隠岐守などの名も見える。しかしこれを補強できる史料はほかになく、またそれが大和守以降の官であったという確証もない。

一方『伊勢集』は、伊勢が宇多帝の御子を生んだとき「親などもいみじうよろこびけり」と語っていて、この時期の「親」の存生を伝えている。伊勢が宇多帝の御子を生んだ時期は、これもはっきりとは言えないのだが、およそ宇多退位と前後する時期と推定される。それは、継蔭の大和守任了より数年後のことになる。

御子の出生については、都の西郊桂の里にそのための家が用意されたようである。伊勢はその家で御子を生んだのちふたたび宮仕えにもどり、御子は桂の家で養育された。この桂の家には、宇多帝のおしのびの御幸もあった。これらはみな『伊勢集』から知られることである。これらのできごとの背後には、御子出生をいみじくよろこんだという「親」の、なみなみならぬ後見《うしろみ》があったであろう。御子出生のころ、継蔭は存命していたと思われる。

父継蔭の死に関して、『伊勢集』には次のような一首がある。

伏しまろびまどふ形見を見じとてや別れし衣すてて来ぬらむ
服《ぶく》ぬぎてかへりし

「服」とは喪のこと、また喪に服することであり、「服ぬぐ」とは、喪があけて喪の服をぬぐことである。ここに掲出した西本願寺本の詞書では、だれの「服」ともわからないが、歌仙家集本で

は「父の服ぬぎて返りて」となっている。父の忌明けに詠まれた歌と思われる。歌意は、

伏しまろび嘆き悲しんだあのときの形見を見まいとして、わたくしはあの死別の悲しみの衣をぬぎすててきたのだろうか。

というようなことであろう。

哀傷歌の常として、喪の服はいつまでもぬぎかえたくない、と詠んで追慕の思いを述べることが多いのだが、伊勢は、喪の服をぬぎかえたのちの心境を詠んで、それはあのときの悲しみを思い出したくないからなのだろうか、と言っている。なにか、思いをふり切るような姿勢の感じられる歌だ。

ここで、「別れし衣すててきぬ」とあるのは、どういう状況であったろう。あるいは、法事などの場から帰ってきたときの歌か、とも考えられるが、それよりもむしろ、私宅での喪のわざを終えて喪の服をぬぎかえ、宮仕え先へもどってきたときの歌、と見ることはできないだろうか。つまり詞書の「かへりし」を、宮仕え先への「帰り」と見るのである。ここは、『伊勢集』諸本すべてに「かへり」の語が用いられているところだが、これを宮仕え先へ帰ったものと読んでは、著しく不都合であろうか。第五句「すてて来ぬらむ」の「来ぬ」によっても、衣をぬぎ「すて」た場所と帰って「来」た場所とのあいだの、物理的・心理的な隔たりが感じられ、単に法事

の席から自宅へ帰ったという状況ではなさそうな気がする。

そしてもし、この「かへり」が宮仕え先への「帰り」であったとすれば、継蔭死去のとき、伊勢はまだ温子のもとに仕えていたことになる。すなわち継蔭の死は、延喜七年（九〇七）の温子の死よりも早かった、ということになる。

もちろん『伊勢集』の詞書は詳しい状況を説明していないのだから、あまり恣意に過ぎる読みは戒めなければならない。しかし、もしこの想像が成り立つとすれば、継蔭の死は、御子が桂の家で養われていた醍醐朝のはじめごろから、温子死去の延喜七年まで、およそ八、九年の範囲内にあったと見ることができる。八、九年という範囲は、すこし広すぎるうらみはあるが、このことと、継蔭に大和守以後の任官のあとが認められないこととは、よく結びつくのである。

初瀬

初瀬に詣でるとき、私はいつもひとりである。

初瀬。すなわち大和長谷寺。はじめてそこを訪れたのはもう五十年のむかしになる。このところ十数年はたびたび詣でる機会があって、さくらにも紅葉にも、それに雪にも行き合わせた。ただ、有名な牡丹の季節には、まだ行ったことがない。

私の初瀬詣は、近鉄長谷寺の駅からはじまる。長谷寺駅は、初瀬谷の南にそびえる山の中腹にあるから、駅を出るとそのまま、谷底へ下る急な坂である。いまはそれが幅広い階段道路に整備されているが、以前は民家の軒下をくぐる露路のような急な下り道だった。

坂道を下りきった谷底で交差するのが伊勢街道。大和と伊勢をつなぐ古代からの幹線道路である。それを信号で横切ってすこし行くと、長谷寺への道が東のかたへ延びている。ここから約一キロ、古い家並みのつづく門前町となる。旅館・みやげもの店・茶店・それに普通の門のある住宅、医院、郵便局。細長い帯のような谷底だから、これらの家々はほんとうに道の両側にひと並びだけ並んでいて、道は寺に向かってわずかに上りである。

道と並行して流れるのが初瀬川。いまはこうして門前町の家並みの裏を流れる小川にすぎないが、本来はこれが初瀬谷の底をゆく渓流であったわけで、むしろ道や集落は、この川に沿って開けていったのである。水は澄み、流れは速い。能の「玉鬘」では、前シテがこの初瀬川を舟に棹さして溯行してくるのだが、現実のその川にはとても舟は浮かべられない。むしろ笹舟でも流す方がふさわしそうな流れだ。

それでいてこの川は、むかしからひとたび大雨となると急増水した。江戸時代にはたびたびの洪水のあったことが記録されており、中でも文化八年（一八一一）の大出水は、夜間のことでもあったため、百人を越す死者が出たという。谷がどれほど狭いか、その狭い谷にどれほど過密な門前町ができていたか、よくわかる話だ。

こうした細長い門前町の通りを、家並みを眺めたり川岸まではいりこんだりしながら歩いて行くと、なかなかすぐには寺に行き着かない。しかしこの長い道のりも、私にとっては初瀬詣のうちである。

けれども、寺域に入り仁王門をくぐってからは、もう道草はしない。登廊をのぼってまっすぐに本堂をめざす。山中の寺の常として、長谷寺の堂塔もそれぞれ山腹に谷をへだてて建っているが、考えてみれば私は、幾度となくここに詣でながら、本堂以外のどこにも立ち寄っていない。

貫之の梅も登廊の途中で一瞥するだけだし、五重塔にも宝物館にも行ったことがない。先年古川野辺の方までまわってみたときまで、「ふたもとの杉」も「定家の塔」も見たことがなかった。ただ本堂へと、登廊をのぼる。

本堂の本尊は十一面観音。木像だが大きな観音さまだ。左手には常のごとく宝瓶を持ち、右手にお地蔵さまのような錫杖を持つところが独特である。どんな願いも叶えてくださる観音さまということで、千年のむかしからここには参詣参籠の人が絶えなかった。平安時代の女性たちは、都からここまで、はるばるの旅を来て祈願参籠したのである。いまでも本尊の壇のまわりを、合掌しながら裸足で一心にめぐり歩いている女の人を見ることがある。どんな願あっての行なのか。それはなにか見るに切ない姿であって、つい私は下を向いて、急いでそこを離れるのである。

本尊にお詣りしたあとは、そこから大きく張り出した礼堂の外舞台の端まで出て、初瀬の山々を眺める。背後も山、東も山、南も山、西にも堂塔の屋根ののぞく山の斜面があり、わずかに西南の方角だけ、さきほど歩いて来た初瀬谷の一部が開けている。

視線をほぼ水平に移すだけで、三方の山と初瀬の谷を見わたせる高さ。京都清水の舞台も眺めのよいところだが、私はこの長谷寺の舞台がどこよりも好きだ。ここは、樹木の繁茂した山々を、その繁茂の梢の高さで見るのにちょうどよいところである。深山のいかめしさでなく、里山の馴れ馴れしさでもなく、樹木が樹木として茂る梢を、ここからだとほどよい近さに眺めることができる。

初瀬の山々は、春夏秋冬、いつ来てもよい。たとえば晩春初夏のころ、微妙に色相の異なる緑の樹冠の、一木一木のかたまり。それらがとりどりに噴きあがるような勢いを見せてひしめき合うさまは、見事だ。また冬は冬で、常緑樹のひとつひとつの梢の色の鉄のような重さ。それにまじる裸木の梢の、見つめるうちにくれないを帯びてくる枯れ色。どの季節に来ても、ここから見る樹林はまことに樹林である。そして谷を隔てて東に見える与喜山の暖帯林。ここだけはあきらかにまわりの山々と樹相が異なっていて、樹ごとに盛り上がるようなその梢々は、見あきるということがない。実を言えば私は、これらの樹林を見たいばかりに、初瀬の谷をここまでのぼってくるのである。

そういうわけだから、帰りはまた芸もなく往路と同じ道をとって登廊をくだる。長谷寺の登廊は、写真によく紹介されているとおり、要するに参詣路の石段なのだけれども、上に屋根が設けられているために一種の室内感があって、野天の石段とは別の、保護された空間の安らかさがある。それにここの石段は、段ごとの高さと奥行きがにんげんの歩幅によく合っていて、のぼりくだりしやすい、と言う人もある。一段くだるごとに四方の樹林に対して一段低くなるわが位置が知られる。このなごりの情も、初瀬ならではのものである。

仁王門を出てからも、また門前町一キロの道のりをゆっくり歩く。近ごろは寺の拝観時間が終ると、この細長い通りはほんとうに無人の道となる。観光バスだってその時刻までこのあたりには居残っていない。先年、秋の末に詣でたときは、寺門を出てから古川野辺の方へさかのぼってみたりしたものだから、門前町の一本道へもどってきたとき、閉門から小一時間も過ぎていたろうか。暮るるに早い晩秋の夕刻でもあり、長い道にはほんとうに人ひとり歩いていなかった。谷底であるせいか妙に靴音が高くひびくような気がして、それを聞きつけたか旅館の番頭さんらしい人が店から顔を出したりして、ちょっと行き暮れた旅人のような感じであった。寺が閉まれば通りにも人が絶える。そのくらいここは、いまも門前町である。

伊勢街道の信号をわたり、細い急坂をはいのぼって長谷寺駅にもどる。ここが私の初瀬詣の終点である。ふり返ると、楔のように山中へくいこんだ初瀬谷の地形がよく見え、その奥の梢の上に礼堂の屋根がわずかにのぞいている。駅にさくらの咲いていた年もあった。ここで雪の降り出した年もあった。

この初瀬に、伊勢は少なくとも二回は詣でている。

『伊勢集』にこんな歌がある。

大和にむかし親ありける人の、親なくなりて初瀬にまゐるとて
ひとり行くことこそ憂けれふるさとのむかし並びて見し人もなく

この歌は『後撰集』にもとられていて、その詞書によって「親」とは母親であったことが知られる。すなわち伊勢は、かつて母と共に初瀬に詣り、母の歿後にひとりで初瀬を再訪してこの歌を詠んだ。「むかし並びて見し人」とは、亡き母のことである。

この歌の詠まれた時期はわからない。また伊勢が母と共に初瀬に詣でた「むかし」とはいつのことであったか、それもほんとうはわからない。ただ私は、その「むかし」を、伊勢が仲平との恋につまずいて大和下りしたときのことではないか、とひそかに考えている。

そのころ伊勢は、まだ十代後半という年齢であった。仲平との恋は不本意な経過をたどり、しかもその経緯は宮仕え先に知られるかぎり知られて、伊勢は堪えがたいまでの噂に曝されることになった。もう宮仕え先にはいられない、と思いつめた伊勢は、当時大和守であった父継蔭の赴任先へのがれ下った。『伊勢集』によれば、それは冬のころであったらしい。大和滞在中の正月に、伊勢は「寺めぐり」をしている。吉野山中の龍門寺まで行ったのもそのときのことだ。その龍門寺に比ぶれば長谷寺ははるかに人里近い寺。しかも当時大和国府のあった高市郡丈六台地

（現橿原市）からはたやすく往復できるところである。厳冬期の龍門寺まで行った伊勢が、それよりずっと詣でやすい初瀬に行かなかったはずはない。母と同行したということも、父の大和赴任中という条件の下で考えるとき、その可能性は大きくなると思われる。

もしこの想像があたっているとすれば、それは伊勢にとって、失意傷心の中で母に伴われての初瀬詣であったことになる。後年、その初瀬を訪れた伊勢には、単なる再訪のなつかしさ以上の思いがあったはずだ。そして伊勢は、もはや母が世にいないこと、自分がひとりであることを、痛切に思い知るのである。

『伊勢集』にはまた別のところに、次のような歌もある。

初瀬に詣でて、親ありし時を思ひ出でて

泣くをだに知る人にせよ山びこのむかしの声は聞きも知るらむ

これは、先の歌と同時詠ではないかと思われるが、万一同時詠でなかったとしても、かつて「親」と共に初瀬に詣で、「親」の死後にひとりで初瀬に来た、という状況はまったく同じである。この歌で伊勢は、

いまひとりでここに詣でて、ありし日の親を思って泣くわたくしをだけでも、せめて旧知の者ということにしてください。ここ初瀬では、山びこがわたくしの親の声はよく聞き

知っているでしょう。

と言っている。おそらく伊勢の「親」は、大和在住中によく初瀬に詣でることがあったのであろう。山びこがその声を聞き知っていてくれなくてどうしよう、と伊勢は言いたいのだ。伊勢は、歌のことばの上になまの感情を決して露出しない人であった。その人がここでは、「泣くをだに知る人にせよ」と命じ、「むかしの声は聞きも知るらむ」と訴えかけている。このとき伊勢は、ほんとうに涙をこぼしていたのだと、私にはそう思われる。

まことにあの狭い谷の奥では、四囲どちらを向いても山ばかり。たとえばあの礼堂の外舞台の欄《おばしま》に倚《よ》って呼んだとすれば、どこからでもこだまの返る近さに山々がある。伊勢のころの長谷寺に、現在見るような高い外舞台が築造されていたかどうかは知らないが、本堂のあたりから見る山の近さは、いまもむかしも同じであろう。伊勢はたしかに、あの高さから、樹木の茂る初瀬の山々を見たのである。

ももしきの花

伊勢が、後宮女房として宮中で暮らしたのは、およそ十代の半ばから二十代の前半まで、約八、九年間のことである。

そのころ、中級貴族の子女の宮仕えは、世上どんなふうに考えられていたのだろうか。

時代はすこし下るが、清少納言は『枕草子』の中で、然るべき人の娘には宮仕えをさせて人中に立ちまじらわせ、世のありさまを見ならわせたい、と書いている。積極的な宮仕え肯定派。清少納言は宮仕えを、女性が見聞を広め、社交感覚を磨き、教養を高めるためのよい機会、と考えたようである。ただし別のところに、宮仕えをいかにも軽薄なことのように言う男がいるのは実に憎らしい、とも書いているところを見れば、世の人すべてが清少納言のような宮仕え観を持っていたわけではなかったらしい。

一方『紫式部日記』の中の宮仕えについての述懐は、まことに暗い色調に終始している。ほんとうは宮仕えになど出たくはなかったのだ、自分がだんだん厚かましい女になってゆくようでつらいと、なにかかきくどくような記述があって、紫式部にとっての宮仕えは、憂きわざ以外のなにものでもなかったようにすら見えるところがある。

こうした受け止め方の相違は、なによりもその当人の資質や適性に由来するものであろう。狭く閉された女房社会。私生活がほとんど私的に保たれ得ない生活時間や居住空間。たれもがゴシップの種となることから逃れられない明け暮れ。清少納言はこんな環境に進んで順応し、さらにそれを楽しむことのできた人であり、紫式部はそんな状況に身を置くことをいたく苦痛と感じる人であった。

伊勢の場合、その出仕の動機や機縁は一切不明である。ただ伊勢の出仕には、清少納言や紫式部の場合と大きく異なるところが、ひとつだけある。それは、出仕時の伊勢がまだ十代半ばの少女であった、という点である。

清少納言や紫式部は、いずれも三十歳前後で宮仕えに出ている。それまでに恋や結婚を経験し、紫式部には子どももあった。これに対して伊勢は、出仕のときまだこの世の実地に触れたことのない年齢である。あたかも白無地の布のように、まだなんの色にも染まず、それゆえいかなる色にも染まり得る状態で、しかもその状態をみずからはさほど深く意識することもなく、宮仕えに出たのであろう。おそらくそこでは、本人の意志よりも親の意向や周囲のはからいが先行したと思われる。ただし言いそえておけば、この年齢での出仕は、当時にあっては別に例外的な早さというわけではない。

仲平との恋は、そんな伊勢を不意討のように襲った最初の「人生」であった。この恋の経過のうちに伊勢がどれほどあがき苦しみ、深く傷ついたかについては、もうここでは書かない。ただその苦悶の果てから、伊勢はこの世における他者とのかかわり方や、宮仕えという場にあってのおのれの位置の定め方を確実に悟っていった、と私は見ている。この仲平経験を通して、伊勢はひとりのおとなとなった。そのことは、その後の時平や平貞文らとのつきあいのさま、温子に近侍する女房としての姿勢などを見れば、よくわかる。

やがて宇多天皇の寵を受け、その御子を生んだということは、伊勢にとっては仲平との恋以上に重い経験であったろう。親たちはこよなき幸せとしてよろこんだ、と『伊勢集』は語っているが、女房社会にあってそれはむしろスキャンダルであったはずである。桂の里で御子を生んだころの伊勢は、人目を憚らなければならないわが身を、しきりに嘆いている。おそらく口さがない噂は、仲平との恋のとき以上に伊勢を苦しめたであろう。温子に対してはわが生んだ御子への庇護を願い出るなど、わが立場をわきまえて身を処しているさまも知られる。

しかしここでも伊勢は、召人《めしうど》という立場の不安定さに足をとられなかった。われを失うことなくその局面をのり切っている。このころの伊勢には、苦痛や困難とのつきあい方を充分に知っている、という印象がある。伊勢自身がそれを自覚していたかどうかは別として、宮仕えの場が伊勢に人生の実地を教えてくれたことはたしかである。白い布のような状態でその環境に足を踏み入れながら、そこでの現実とまっすぐに向き合い、自分の生き方をけんめいに探り、わがありようを見定めていったという点で、伊勢はまことに真摯な、また聡明な人であった。伊勢は、宮仕えの場を通して人と成った。

伊勢の宮仕え先は、内裏後宮であった。後宮の女房たちは、余人の立ち入り得ない九重の宮のうちを生活の場とする。その晴れがましさ。『枕草子』も「宮仕へどころ」としてはまず「内裏《うち》、后の宮」をあげる。宮仕え先として宮中や後宮は、別格であった。

寛平の末年、宇多天皇退位によって温子が内裏を退出することになったとき、女房たちの悲嘆は大きかった。御代が改まれば、退位《おりい》の帝もその后妃たちも内裏を去らねばならず、そこに仕える女房たちも、当然それに従わなければならない。そのとき彼女たちは内裏女房としての地位を失い、以後ふたたび九重の宮の内に入ることは叶わない。

温子の内裏退出を目前にして伊勢が、

別るれどあひも思はぬももしきを見ざらむことのなにか悲しき

と詠んで弘徽殿の壁に掲げた歌は、これかぎり内裏を立ち去らねばならぬ後宮女房たちの、切ない心情そのものであった。この伊勢の歌は、これに対して宇多上皇が、

身ひとつにあらぬばかりぞおしなべて行きかへりてもなどか見ざらむ

と唱和したことによって世に知られているが、本来これは上皇との唱和を求めて詠まれた歌ではない。ふたたび立ちもどる日のない内裏との別れを悲しんで、内裏そのものへ向けられた惜別の歌である。こちらはこの別れをこんなにも悲しんでいるのに、内裏の方はすこしもこちらのことを心にとめてくれない。そんな冷淡な内裏との別れが、なぜこうまで悲しいのだと、やはり伊勢はこういうとき、まずおのれのこころのうちへ視線を向けてこれを咎める。痛切な悲嘆の表白。その悲しみの切なさが、おのずから上皇の唱和を誘ったのである。そなたたちにはまたこのももしきの宮のうちにたちもどる日もあろうからと、思わず慰撫の語を連ねずにはいられなかったのだ。ただしこのときの上皇は、わが慰撫の語がいかに無力なものであるかを、おそらくよく知っていたであろう。

こうして、去りがたい内裏を去った伊勢は、その後も温子のもとにあって、十年後に温子が亭子院で病歿するまでこれに仕えた。伊勢の女房時代は、内裏時代と内裏退出後とに大きく分けられる。そして実は、後者の期間の方が前者のそれよりも長いのだが、それでも伊勢の心の中で

は、内裏はたえがたいまでになつかしい場所として、いつまでも回想されつづける。その後も伊勢は、ももしきの宮のうちを恋うて、くり返し歌を詠むのである。

『伊勢集』にこんな歌がある。

歌召す奥に書きてまゐらす

山川の音にのみ聞くももしきを身をはやながら見るよしもがな

伊勢はここで、いまはただ人づてに聞くばかりのももしきの宮のうちを、いまひとたび、かつてのあの日にわが身をなして、見るすべがほしいものでございます、と言っている。恋かのように切ない思慕の情だ。

この一首は、『古今集』編撰にあたって朝廷から歌を召されたとき、献上歌に添えて奉った歌だという。とすれば、温子の内裏退出からは八年後のこと。そのとき伊勢は温子に仕えて亭子院にいた。年齢は三十歳をすこし出ていよう。宇多帝はすでに出家、帝とのあいだに成した御子は亡くなっている。

ここで伊勢は、いまの自分が内裏に立ちもどって内裏を見たいと言っているのではない。この身をかつてのあの日のわが身になして、あの日のももしきの宮のうちを見たい、と言っているのだ。かえらぬむかし。すべもなき恋しさ。かなわぬ願いの前で、伊勢はこんなにもわりなきことばを連ねるのである。

『伊勢集』には、また別のところに、

　　故中宮の内侍のもとに

ももしきの花のにほひはくれたけのよよにも似ずと聞くはまことか

　　返し

ももしきに流るる水の流れてもかかるにほひはあらじとぞ思ふ

という一対の歌がある。贈歌は伊勢から「故中宮の内侍」へ届けられたもの。「故中宮の内侍」は、かつて伊勢と共に温子に仕え、いまは内侍として宮中に仕えている人と思われる。「故中宮」とあるところを見れば、この人は温子の歿後に内侍となったか。少なくともこの贈答は、温子歿後のことであろう。

伊勢は、むかしの朋輩にこうたずねている。

ももしきの宮のうちの花は、今年はとりわけ美しいと聞きますが、ほんとうでしょうか。かつて若い日に見た内裏の花。その美しさはいまもあざやかに記憶の中にある。聞けば今年の宮中の花はいつの年にも増して美しいという。ならば、どれほど美しいことであろうかと、回想に想像を重ねて思いやる伊勢。むかしの花を共に見た人へ、いまは見ること叶わぬところにいていまの花の美しさをたずねる。思いの深い歌である。

おことばのとおり、今年の花の美しさは格別ですよ。この先どれほどの歳月が流れても、こんなに美しく咲くことはあるまい、と思うほどです。

と「故中宮の内侍」からは返されている。あなたが想像なさっている、そのとおりの美しさですよ、と言っているのである。

このようにまっすぐにやりとりされる双方のことばの裏には、かつて相共に内裏での日を送ったころの共通の思い出がある。このときの伊勢には、見るすべのない内裏の花も、内裏そのものも、「故中宮の内侍」の存在を通して、ありありと感知されていたにちがいない。

もうひとつ『伊勢集』には、

ももしきの花を折りても見てしかなむかしをいまに思ひくらべて

と詠まれた歌がある。詞書がないので、人へ届けた歌かひとりの述懐歌か、わからない。詠まれた時期も不明である。あのももしきの花を手折ってみたい、むかしをいまと思い比べながら、と詠まれた心情は、「いま」の状況がわかればより明確に読み取れるのだが、残念ながらそれを知る手がかりがない。

ただこの歌は、同じく「ももしきの花」への思いを詠みながら、先の「故中宮の内侍」への贈歌よりもさびしい。いまは手折るすべもないあの花を手折りたい、と詠む心の底には、かつてそれを手折った日があったものを、との思いがあろう。ここには「故中宮の内侍」のような、むかしといまのあいだをかけわたす橋のようなものの存在がないから、その喪失感はつくづくと深いのである。

このように、くり返し詠まれる「ももしきの宮のうち」へのなつかしさ。伊勢にとっての内裏は、人生始発の場所であったと同時に、つねにこころの回帰してゆくたましいの原郷でもあったのであろう。

後代の受容

伊勢の歌語

伊勢の歌が後代文学に与えた影響は、和歌の分野のみならず、物語から能の詞章にまで及んでいて、とても簡単には言いつくせない。ここでは、後代和歌に見られる伊勢の影響を、歌ことばの面に限って見ておきたい。

歌ことばの面で伊勢の歌の影響が顕著に認められるようになるのは、勅撰集で見るかぎり『千載集』以後、殊に『新勅撰集』以降の中世の集において、である。どうやらそれは、俊成および定家・良経ら新古今時代の歌人たちが、本歌取という形で伊勢の歌を積極的にわが歌へ取りこんだことの、波及効果であったらしく思われる。実際、新古今時代の歌人たちに見られる伊勢の造語への関心にはなみなみならぬものがあり、互いに競い合うように伊勢のことばをわが歌に取りこみ、再開拓しているさまは、見ものと言いたいほどである。『新勅撰集』以後の歌人たちは、これら新古今時代歌人たちの熱意の結果を学ぶことによって、間接的に伊勢につながることができたのであった。

伊勢の歌についていては、もっと早い時代に、たとえば和泉式部にその影響が見られ、公任もまた強い関心を示している。公任の手に成る秀歌撰の中の伊勢の位置づけを見れば、かれが歌人としての伊勢をいかに高く評価していたかは、明瞭にわかる。

しかし実作面において公任自身は、さほど直接に伊勢に影響されてはいない。実作上において伊勢の歌を直接受容したのは、やはり定家ら新古今時代の人々であった。おそらくそれは、歌語について、また本歌取という技法について、尖鋭な方法意識と旺盛な実践力とを持っていた定家らの触覚が、伊勢の歌語に敏感に反応した、ということなのであろう。

では、後代歌人たちの伊勢受容のさまを、実例によって見て行こう。後代歌人たちに本歌として取られている伊勢の歌は、たとえば、

(1)年を経て花の鏡となる水はちりかかるをやくもるといふらむ　(古今集)
(2)あひにあひてもの思ふころのわが袖にやどる月さへぬるるがほなる　(古今集)
(3)思ひ川たえず流るる水のあわのうたかた人に逢はで消えめや　(後撰集)
(4)山川の音にのみ聞くももしきを身をはやながら見るよしもがな　(古今集)
(5)散り散らず聞かまほしきをふるさとの花見て帰る人も逢はなむ　(拾遺集)

などのように、どこか一句、人を惹きつけずにはおかぬような佳句を持つ歌である場合が多い。

右の引用に傍線を付したところがその佳句、かつこの中はその歌の収載されている勅撰集名である。以下、これらについて順次見て行こう。

まず、(1)の「花の鏡」について言えば、後京極摂政良経の『秋篠月清集』に、「暮山花」の題で、

み山いでて花の鏡となる月は木の間わくるやくもるなるらむ

がある。これなど、本歌取というよりももじり、あるいはパロディと言った方がよさそうだが、こんな詠み方まで見られること自体、伊勢の歌に対する良経の執心のほどを示すものであろう。慈円の『拾玉集』、家隆の『壬二集』にも「花の鏡」の歌がある。定家の『拾遺愚草』には四首の「花の鏡」の歌を拾うことができるが、その中の、

春を経て門田にしづむなはしろに花の鏡の影ぞかはらぬ

は、水の張られた苗代田の実景が見えてくるような歌だ。これは「田家花」と題する題詠歌で、実景実写の歌ではないのだが、趣向を表に立てていた伊勢の本歌を取りこなして、叙景的効果をあげている。なお、勅撰集に「花の鏡」と詠む歌は、『千載集』以降に九首を数える。

(2)の歌は、『古今集』に撰入されているため、『古今集』享受の長い歴史の中で、「ぬるるがほ」

の語に格別の関心が寄せられた歌だ。その関心のあり方の代表としては、『古今栄雅抄』の次のことばがあげられよう。

物おもふころの袖に、やどる月さへよりあひて、涙にぬるるがほに見えたるとなり。涙と言はねど、月さへぬるるがほなるといふにてきこえたり。ぬるるがほなる、おもしろき詞なり。

すなわち、「涙」ということばを使っていないのに、「月さへぬるるがほなる」によって、涙にぬれているとわかるところがおもしろい、というのである。

「ぬるるがほ」、たしかにこのことばには、新古今時代の人々に好まれそうなところがある。西行は、

をみなへし池のさなみに枝ひちてもの思ふ袖のぬるるがほなる

と詠み、良経は、

秋の野のしのに露置くすずのいほはすずろに月もぬるるがほなる

と詠んでいる。俊成卿女には、

袖の上にぬるるがほなる光かな月こそ旅のこころ知りけれ

があって『続古今集』に入っているが、恋歌のことばを取りながら羈旅歌に詠みなしたところが

工夫である。慈円の『拾玉集』には、『古今集』の歌そのものを題とした百首詠があり、その中の恋十五首に、⑵の伊勢歌を歌題として、

わが袖にやどるならひのかなしきはぬるるがほなる夜半の月影

がある。このほか、定家・家隆にもそれぞれ二首ずつの「ぬるるがほ」の歌があり、⑵の伊勢歌が、いかにこの時代の人々を惹きつけたかが知られる。

さらに⑵の歌は、初句「あひにあひて」にも関心が持たれた。『和泉式部集』に、

あひにあひてもの思ふ春はかひもなし花も霞も目にしたたねば

とあるのは、娘小式部内侍に先立たれたときの歌。この「あひにあひて」は、本歌取というよりは、ほとんど和泉式部自身のことばとして詠み出されている。定家には、

秋はまたぬれこし袖のあひにあひてをじまのあまぞ月になれける

があり、家隆には、

あひにあひてもの思ふころの夕暮になくやさつきの山ほととぎす

がある。『新後撰集』以後の勅撰集には、右にあげた和泉式部の歌も含めて、四首の「あひにあひて」歌が見出される。

伊勢の歌で、定家以降の歌人たちにもっとも大きな影響を与えたのは、なんと言っても(3)の「思ひ川」の歌であろう。『古今集』に入っていないところを見ると、あるいは伊勢中年以後の作かと思われるが、『伊勢集』によると次のような事情の下で詠まれている。

すなわち、あるとき伊勢は恋人に行方を知らせずによそへ引き移った。男は伊勢のあとを探しまわり、わたしの前から姿を消すつもりか、と恨んだ。それに返した歌がこれである。あなたに逢わずして消え失せるはずがないではありませんか、と。

「思ひ川」の語は、この一首において伊勢が創出した歌語であった。定家も家隆もこのことばには強い執着を見せ、『拾遺愚草』にも『壬二集』にも、それぞれ五首の「思ひ川」の歌がある。いま、一首ずつをあげると、

影をだに逢瀬にむすべ思ひ川浮かぶみなわの消《け》なば消ぬとも

が定家、

思ひ川身をはやながら水のあわの消えても逢はむ波の間もがな

が家隆。家隆の歌は(2)と(4)の歌を同時に取って、「思ひ川身をはやながら」とつづけているが、これに似た取り方は、『続拾遺集』に、

いかにせむ身をはやながら思ひ川うたかたばかりあるかひもなし

という例が見られる。

実は「思ひ川」については、定家・家隆よりずっと早く、『古今六帖』に、

流れても絶えじとぞおもふ思ひ川いづれか深きこころなりける

という作者名のない一首があるのだが、それでもこのことばは、定家・家隆らの時代になるまで積極的に活用されることがなかった。これはふしぎなことだ、と私は思うものだが、そこには『古今集』と『後撰集』の享受史の相違が反映しているのかもしれない。

それだけに、定家・家隆らがこの歌に深く心を寄せ、くり返し「思ひ川」の語に挑戦しているさまを見るのはうれしい。ただ、定家や家隆の「思ひ川」の本歌取は、その熱意のわりにはあまり成功していない。おそらくそれは、ことばを取っただけでは歌境は創れない、ということの、当然の帰結であろう。

(4)の「身をはやながら」については、家隆や『続拾遺集』に、「思ひ川」とつづけて取った例のあることを、右に述べた。勅撰集で見れば、『新千載集』に二首、『新拾遺集』と『新続古今集』にそれぞれ一首、「身をはやながら」の歌がある。慈円の『拾玉集』には、(4)の伊勢歌を歌題として、

とにかくに見てもなづさふ山水のはやくも君につかへつるかな

と詠んだ一首が見出される。これは「身をはやながら」の語は取っていないが、歌意の上で伊勢の本歌に対応したものである。

(5)の「散り散らず」の歌は、勅撰集への収載は『拾遺集』と遅いが、『前十五番歌合』や『三十六人撰』にとられて、公任に好まれた歌であった。『和泉式部集』の、

散り散らず見る人もなき山里の紅葉はやみの錦なりけり

は、(5)の「散り散らず」と取っているだけでなく、同じ伊勢の、

見る人もなき山里のさくら花ほかの散りなむのちぞ咲かまし

や、貫之の、

見る人もなくて散りぬる奥山の紅葉は夜の錦なりけり

をも取っていて、一種コラージュとでも言いたいような趣である。

『新古今集』には、慈円の、

散り散らず人もたづねぬふるさとの露けき花に春風ぞ吹く

があり、祝部成仲にも、

散り散らずおぼつかなきは春霞たなびく山の桜なりけり

がある。

以上、最小限の例歌しかあげられなかったが、伊勢の歌が公任や和泉式部の関心を惹いたこと、新古今時代の人々には特に強い影響を与えたことなどを概観した。

伊勢は決して絶唱型の歌よみではなく、むしろ知的な雰囲気を持つおとなの歌人だが、ことばの感覚には群を抜いた冴えがあり、右に見るような、イメージのある独自の歌語をつむぎ出した人である。しかしその歌語のイメージのいみじさは、ことばにいたくこだわった新古今時代の人々ですら、充分には受容継承できていないように見える。和歌史の中で伊勢は、やはりどこか孤独である。

三首の歌

公任・俊成・定家という後代の三歌人に、もし伊勢の歌を一首ずつ選ばせたとしたら、どんな選択になるだろうか。かれらの手に成る秀歌撰・秀歌例を通して、想像してみよう。

藤原公任は、伊勢より約百年のちの人である。藤原氏北家の嫡流でありながら、道長栄華の蔭に押しやられて生涯大納言に終ったが、作詩・和歌・管絃いずれの道にもすぐれて、いわゆる三舟の才をうたわれた人。さらに香道・有職にも通じた抜群の教養人であった。

和歌について言えば、公任は、実作者としてよりも批評・歌論の分野に大きな業績を残している。『新撰髄脳』『和歌九品』『前十五番歌合』『三十六人撰』『深窓秘抄』『金玉集』『拾遺抄』など、この人の手に成る秀歌撰や歌書は少なくない。わけても『和漢朗詠集』。詩文と和歌の粋を精選したこの詞華集が、後代の人の美意識や季感に及ぼした影響の大きさは、はかり知れないほどのものがある。

その公任は、『三十六人撰』において伊勢を十首歌人として遇している。『三十六人撰』は、公任が、わが眼に叶った三十六人の歌人について秀歌を撰したもので、ここに選ばれた三十六人は、のちに「三十六歌仙」と呼ばれるようになる。公任は、この三十六人のうち六人にかぎっては十首ずつを撰出し、他の三十人の三首ずつの撰出とのあいだに評価の差を示した。人麿・貫之・躬恒・伊勢・兼盛・中務の六人が、公任によって十首をとられた歌人たちである。伊勢に対する公任の評価は、このように高かった。

公任が、その数多い歌書や秀歌撰の中でくり返しとっている伊勢の歌は、

散り散らず聞かまほしきをふるさとの花見て帰る人も逢はなむ

である。一作者から一首しかとれない『前十五番歌合』にあげているのも、この「散り散らず」の歌であって、この一首に対する公任の愛着のほどが知られる。

これは、もと屏風歌として詠まれた歌であった。屏風の画面には、春の山道を行く人物が描かれていたという。伊勢はそれを、画中人物が故旧の地の花を見に急ぐところだ、と見なして、その気持をこう詠んだ。

あの里の花はもう散ったか、まだか。それが聞きたい。この山道で、あの里の花を見て帰ってくる人に逢わないかなあ。

と。「ふるさと」へのなつかしさと、うつろいやすい花への懸念。ひたすらに花へと急ぐこころ

は、その花を見て帰って来つつあるかもしれない人物をさえ仮想して、「散り散らず聞かまほしきを」と凝縮した願望のことばで詠み出す。その人に行き逢って、その人が見てきたであろうふるさとの花のさまを、いまここで尋ねたい、というのである。すなわち所与の景色を心理のドラマへと飛翔させて、屏風の画面に人事の奥行を詠み添えた歌。屏風歌歌人としての伊勢の本領を、存分に見せてくれる一首である。

にもかかわらずこの歌は、なぜか公任以前には注目された形跡がない。『古今集』にもとられず『後撰集』にもとられなかった。『古今集』にこの歌がないことについては、それの詠まれたのが『古今集』成立以後だったからだ、と考えることもできよう。しかし伊勢の歿後に編まれて伊勢の歌を七十首も撰入している『後撰集』にも、この歌はない。急いでつけ加えると、この「散り散らず」は詠作年代のわからない歌なのである。

『古今集』にも、『後撰集』にもとられなかったこの一首、それを拾いあげたのが公任であった。のちにこの歌が『拾遺集』へ撰入されることになったのは、あらかじめ公任の『拾遺抄』が、これを拾っておいたからにほかならない。こんな美しい歌を、公任以前の人々がなぜ見落していたのか、理解に苦しむところだが、それだけにこれを見出した公任のよろこびは、よくわかる。公任がくり返しこの歌をとりあげる気持も、わかるような気がする。

『三十六人撰』や『金玉集』などで見るかぎり、公任の伊勢受容にはやはり『古今集』の影響が大きい。しかしその一方で、先行勅撰集とは関係なく、独自に伊勢の家集あたりから選んだかと思われる歌もあって、自身の眼で伊勢を見ようとした公任の姿勢がはっきりと認められる。『三十六人撰』における伊勢の十首も、たしかに『古今集』の影響下にはありながら、十首のうち六首までに四季歌をとっていて、恋のみに偏らない選歌となっており、こうしたところにも公任の鑑識眼のあり方は知られる。公任にとっての伊勢は、決して恋ばかりの歌よみではなかった。

公任から見れば伊勢は曾祖父時代の人になるが、伊勢の娘中務は、公任の二十代はじめごろまで存生していた。公任のころの宮廷社会に保たれていた伊勢の残像には、まだ多分に実感的に感得される部分があったであろう。『拾遺集』時代にあった「伊勢の御息所」のイメージは、ずっと後代の『無名草子』や『今昔物語』などに偶像化し伝説化して語られる伊勢像よりは、いますこし現実味を持つものであったはずである。

『俊成三十六人歌合』は、公任の『三十六人撰』に選ばれた歌人たち——すなわち「三十六歌仙」と呼ばれる歌人たち——について、全員一律に三首ずつの歌を選び出し、歌合の形に番《つが》わせたものである。ここで俊成によって選ばれた伊勢の歌は、次の三首である。

あひにあひてもの思ふころのわが袖にやどる月さへぬるるがほなる
三輪の山いかに待ちみむ年経《ふ》ともたづぬる人もあらじと思へば
思ひ川たえず流るる水のあわのうたかた人に逢はで消えめや

見られるとおり三首とも恋歌。俊成にあって伊勢は、なによりも恋の歌よみであった。このうち「三輪の山」は『古今集』にあって、公任も『三十六人撰』や『金玉集』にとっている。「あひにあひて」も『古今集』にあり、その第五句「ぬるるがほ」が後代の人の関心を惹き、殊に新古今時代の歌人たちを強く魅了したことは、前節で見てきたとおりである。ただし、公任の秀歌撰にこの歌がとられたことはない。

「思ひ川」の歌も、『後撰集』にはあるのだが公任の秀歌撰にあげられたことはなく、これは俊成以後に好まれるようになった歌である。前節に述べたような、定家・家隆らにおける「思ひ川」受容のさまを見ていると、これは俊成の撰を経ることによって定家・家隆らに受け入れられるようになった歌だ、という気がしてならない。

公任の秀歌撰の中の伊勢歌と、俊成の『三十六人歌合』中の伊勢歌とを見比べるとき、双方の好みにあきらかな相違があることを認めぬわけにはいかない。公任の好みは古今調の明るい抒情。翳のない典雅な風姿。公任は伊勢の四季歌にしばしばそれを見た。俊成の好みはいますこし屈折のある憂愁。景か情かさだかでないまでにイメージ化したことばの世界。俊成は伊勢の恋歌にそれを見たようである。「散り散らず」における緊張した心理のドラマと「思ひ川」における心象化された景の流露感。公任と俊成の伊勢歌に対する選択の違いは、この二首の対比によって端的に知られる。さらにそこからは、拾遺集時代と千載集時代という、百八十年をへだてた和歌世界の美意識の推移のさまも、見えてくるように思われる。

定家の秀歌撰・秀歌例中の伊勢歌は、ほとんど俊成の選択の延長線上にある。『八代集秀逸』『近代秀歌』『詠歌大概』などの秀歌例を見ると、伊勢の歌としてはいずれも「三輪の山」や「思ひ川」などの恋歌をあげていて、四季歌をとっていない。この態度は、父俊成のそれとまったく同じである。

ただしここにひとつだけ、俊成にとられず、定家においてはじめてとられた一首の恋歌がある。

難波潟短き葦のふしのまも逢はでこの世を過ぐしてよとや

『百人一首』にあって、あまりにもよく知られた歌だ。定家がこれを『近代秀歌』や『詠歌大概』にあげているばかりでなく、一作者一首の『百人秀歌』『百人一首』にもとっているのは、つまり定家が、これを伊勢の代表作と見ていた、ということであろう。

難波潟の葦の、節と節との短いあいだ、その短さと同じように、ほんの短いあいだも逢うことなくして、この世を過ごせとおっしゃるのですか。

迫るような語気。強勁な情。「節《よ》」に「世」を懸け、「葦」「節《ふし》」「節《よ》」と縁語を連ねた技巧。「節《ふし》」はどこか「臥し」を連想させて、たしかにこれは定家に好まれそうな濃艶な雰囲気と巧みな言語技巧を持つ歌だ。

それにこの歌は、構造的に見て「思ひ川」の歌に似たところがある。上句が下句に対して序詞的にはたらくところ、下句において一気に心情を吐露するところ、第五句の結びが強い問いかけであるところ。あるいは定家は、「思ひ川」の歌がすでに俊成によってとられていることを意識して、自分はこの「難波潟」の方を選んだのであったかもしれない。

しかし「思ひ川」の歌と「難波潟」の歌は、このような形の上の相似にもかかわらず、歌としての質にはかなりのへだたりがある。流れに浮かぶ一粒のうたかたのきらめきと、難波潟の茫漠たる葦原との印象のちがい、とでも言おうか。前者に、極微のうたかたへ確実に結晶してゆく情があるのに対して、後者では、景と情の融合がいまひとつ緊密でない。歌としての純度も、「思ひ川」の方が格段に澄んでいる。「難波潟」の方は、くり出されることばが濃厚である分、かえって一首の張力に弛緩を生じたようなところがある。

そして実は、この「難波潟」の歌は、確実に伊勢の作とするわけにはいかない歌なのである。『伊勢集』にはその巻末近くに、六十数首にのぼる混入歌群がある。この歌群は『伊勢集』本来のものではなく、そこにある歌は伊勢の作とは認められない。しかし『新古今集』の撰者たちは、ごく単純に、『伊勢集』にあるから伊勢の歌だ、と考え、この混入歌群から七首の歌を作者伊勢として『新古今集』へ撰入した。「難波潟」の歌はその七首の中の一首、つまり『新古今集』において伊勢作と誤認された歌である。

しかもこの誤認は、この歌が『百人一首』にとられたことによってそのまま定着した。中世・近世、さらに近代を通じて、『百人一首』の影響力はまことに大きく、今日でも伊勢の代表作と言えば、まずこの歌があげられるまでになっている。しかし右に述べたとおり、これはもと『伊勢集』混入歌群中の一首、正しくは作者不詳とすべき歌である。

ただ定家にあっては、これは疑いもなく伊勢の歌であった。定家は父俊成と同様に、伊勢を恋の歌よみと見ていたようだが、その定家が、伊勢の恋歌の中から最終的な一首として選び取ったのは、「三輪の山」でもなく「あひにあひて」でもなく、父の選んだ「思ひ川」でもなく、実にこの「難波潟」の濃艶な風姿であった。定家にとってこれは、はっきりと自覚された選択であったにちがいない。

こうして見ると、公任における「散り散らず」、俊成における「思ひ川」、定家における「難波潟」、という三者三様の選択は、伊勢をというよりも、かえってそれを選んだ三人の、歌よみとしての資質や志向を見事に反映している。

伊勢寺のこと

伊勢寺、という名の寺が大阪府高槻市にあって、寺伝ではそこが伊勢終焉の地とされており、いまも年末には毎年ゆかりの人々が集まって伊勢忌を修している、と教えてくださったのは、フランス文学の故井上究一郎先生である。井上先生は、申すまでもないプルースト研究の大家、同時にすぐれたエッセイストでもあられた。研究者の精緻と文人の高雅とを兼ね備えたその随筆に、魅せられた読者は少なくなかったはずである。

その井上先生から伊勢寺のことをうかがったのは、一九九一年の春のころであった。プルーストと伊勢のとり合わせをふしぎとお思いになる方もあるだろうけれど、そのあたりの事情は先生の随筆集『水無瀬川』（一九九四年・筑摩書房）に紹介されているので、ここには書かない。

伊勢寺の話をうかがって、おどろいた。伊勢は『古今集』『後撰集』の主要歌人で、平安女流文学の源流とも言うべき位置にいる人だが、今日その存在はほとんど忘れられている。伊勢という名も、知る人は少ない。その伊勢を追慕して、千年のちのいまも年ごとに忌を修する人々があろうとは、なんと思いもかけぬことであろう。あまりの意外さに、それは夢のようなお話でございます、などと私は口走ったらしい。

それから一月ほどのち、高槻市にその寺を訪ねた。五月半ば、霧のような雨の降る日であった。JR高槻駅を北口へ出る。真向かいに樹木の繁った丘が見え、それへまっすぐな道が通じている。丘は菅原道真を祀る上宮天満宮。これにつき当って道は左右に分かれる。左右どちらをとってもいいらしいのだが、私はわかりやすそうな左の道を選んだ。天満宮境内の西側を迂回し、その真裏と思われるあたりまで回りこむと、天満宮の丘つづきの高みに、その寺はあった。

金剛山象王窟伊勢寺。はじめは天台の寺であったというが、現在は曹洞宗の禅寺である。霧雨の中、見上げるように高い石段の上に山門が見える。青葉となり終えたばかりの木々が枝をさし交わす下を、山門へのぼる。のぼってみると境内はゆったりと広く、かえでの若葉、いちょうの巨木など、梢が深かった。

寺では、副住職の松浦寛法氏が待っていてくださった。早速、寺に伝わる古鏡と古硯、それに蜀江錦と伝えられる布の断片を拝見する。いずれも寺宝とされている品々。毎年十二月二十日にはこれらの品々を伊勢画像の前に供え、伊勢忌を修せられるという。忌に参列なさるのは、代々きまった家の方々だけ、とのことであった。ほかに『伊勢寺記』という一巻の書があり、これは江戸時代寛文二年（一六六二）、深草の元政上人の作である。そこには、当時この地で語られていた伊勢についての伝承が、豊富に採録されていた。

本堂で、伊勢忌に懸けられるという軸装の伊勢画像を拝見する。常は大事に納めておかれるのを、わざわざ懸けておいてくださったのだった。いかにも大切に所蔵されてきたことを思わせて、画面はあざやかである。左うしろをふり返った顔の向き、装束の拡がり方、髪の流れ方など、佐竹本三十六歌仙絵の伊勢図と同じ構図で、彩色もよく似ている。ただし歌は、佐竹本歌仙絵が、

三輪の山いかに待ちみむ年経《ふ》ともたづぬる人もあらじと思へば

であるのに対して、この画像には、

見る人もなき山里のさくら花ほかの散りなむのちぞ咲かまし

が賛されていた。寺伝では伊勢が晩年この地に隠棲したことになっているので、おそらくこの歌を、この地に隠棲してその心境を詠んだもの、と見なしたのであろう。ここから考えて、これは寺伝に沿って制作された画像のように思われる。

しかしそれよりももうひとつ、意外な伊勢画像がそのかたわらにあったのだ。伊勢晩年図、とでも呼べばよかろうか。ひとりの年老いた女性を描いた絵が、額装されて片隅にひっそりと置か

れていた。

これは、とおたずねすると副住職は、いつごろからのものかわからないが、ずっと寺に伝わってきたものだ、もとは軸装であったのを、あまりに傷みがひどいので先ごろ額に直させた、とおっしゃる。たしかに画面にはかなりの箔落があり、褪色もはなはだしい。先の軸装画像に比して、保存状態は決して良好とは言えない。

しかし画像は、かえってこの老女図の方が端正であった。眼窩や口辺には深い皺を刻んで、装束の色はまことに地味。能ならばこのような色づかいを「無紅《いろなし》」と呼ぶ。だがその装束に乱れはなく、正面を向いて端座した姿勢にも衰えはない。かたわらに書籍を積んだ厨子が描かれて、二、三の冊子がとりひろげられている。

静かに書に親しむ老女。これが、この地の人々によって久しく保持されてきた伊勢晩年のイメージだったのだ。ここに見られる老いの表現は、むしろ人生の劫を積んだ人に対する鑽仰敬愛のあらわれであろう。伊勢は老後をこの地で送りここで亡くなったと心から信じ、それを誇りとして語り継いできた人々の真情は、この老女図にこそもっともよく表われている。このような伊勢図を絵師に描かせ、守り伝えてきた人々がたしかにここにはいたのだ、これは夢などではない。私は思わず堂内を見まわしたのであった。

本堂を出ると、境内のつづきは広い墓地になっており、その一隅に、小さなしかし形の整った廟がある。伊勢廟という。かたわらの石碑は、高槻城主永井直清が建てた伊勢顕彰碑で、慶安四年（一六五一）のものだ。寺に伝来する『伊勢寺記』よりも十一年古く、銘文は林羅山の手に成る。伊勢寺は俗に伊勢旧栖の地と言われているが古記が失なわれているのでたしかなことはわからない、と実証を重んずる姿勢で書き起こされている。これによって、歌人伊勢とこの寺とを結びつけた伝承は、直清の建碑以前からこの地に存在していたことがわかる。この顕彰碑の銘文は、『伊勢寺記』と共に、十七世紀中ごろのこの地にあった伊勢伝承を具体的に記録したものとして、貴重な資料である。

『高槻市史』（高槻市史編纂委員会編）や『高槻の史跡』（高槻市教育委員会編）によれば、伊勢寺は、十六世紀後半に高山右近が高槻城を攻めた時、兵火により焼亡した。焼亡以前から寺があったことはたしかだが、それ以前の沿革や歴史は今日からは知り得ない。十七世紀に入って元和から寛永のころ、寺は宗永和尚によって再建され、天台宗から曹洞宗へ転じた。現在の講堂はそのときのものという。

徳川幕府が永井直清を高槻に封じたのは、慶安二年（一六四九）のことである。以後明治の廃藩置県まで、高槻城主は代々永井氏によって世襲される。永井氏初代の直清は、領内の治水事業などを手がけると同時に、文化面の施策にも意を用いた藩主であった。高槻入りの翌年、古曾部《こそべ》の里にあって「能因塚」と呼ばれていた古墳のほとりに能因法師顕彰碑を建て、その翌年、伊勢寺に伊勢顕彰碑を建てている。

能因法師は伊勢より百五十年ばかりのちの人である。俗名を橘永愷と言ったが、二十代半ばで出家し、摂津国古曾部に住んだ。「古曾部入道」とも呼ばれるのは、そのためである。能因の住んだ古曾部の里は、現在の高槻市古曾部町のあたり。伊勢寺のある奥天神町とは隣り合わせである。この能因は、歌道に強く執した人で、伊勢に対しても深い追慕の念を抱いていた。二条洞院にある伊勢旧邸の前を車で通りかかったとき車からおりて歩行し敬意を表した、という逸話は、清輔の『袋草紙』に書かれていて、和歌世界ではよく知られた話である。その能因が古曾部に住んだという事実は、やがてこの地にあった「伊勢寺」と歌よみ伊勢とが結びつけられるようになってゆくことに、なにがしか関連があるのかもしれない。

前に述べたとおり、高山右近の兵火によって焼失する以前の伊勢寺のことは、なにひとつわからない。しかし「伊勢寺」という寺名には仏教色が感じられず、地名か人名か、いずれにしても「伊勢」という固有名詞に基いて命名された寺名であろうと思われる。『高槻市史』によれば、伊勢寺を「伊勢貞国創建」とする文献があるらしいとのことだが、未確認であるという。私もまだ、その「文献」は探しあてられないでいる。

歌人伊勢の側から言えば、伊勢晩年の住まいや終焉の地は不明である。歿年もわからない。ただ、その最晩年と思われる時期の歌や動静から推して、伊勢は最後まで都で暮らし、都で歿したと私は思っている。しかしこの地では、おそらく能因が古曾部に住んだことにも影響されて、いつとなく伊勢と伊勢寺が結びつけられていったのであろう。その伝承は、永井直清の高槻入り以前からこの地に存在していた。そして永清の顕彰事業は、その口碑をよりはっきりと定着させるはたらきをしたものと考えられる。

だからといって私は、これらの伝承を付会されたものとして斥けようとはゆめにも思わない。これは、こちたき資料や考証などとはまったく別次元の話だ。四百年もむかしからこの地には、伊勢を慕い、伊勢のおもかげを大切に守り伝えてきた人々があった。あの老女図がなによりもよくそれを語っている。いったいこの地よりほかのどこに、伊勢をあのように美しい老女としてイメージし、敬愛しつづけた人々があったろうか。和歌史の中でさえ茫々と忘れられた伊勢は、この地だけにあって、あたかも闇の中にともされた小さな火のように、美しく記憶されつづけてきたのである。

帰京した私はすぐ井上先生へご報告して、伊勢寺にはまことに端正な伊勢がおりました、と申し上げたのであった。正夢でしたね、と先生はお笑いになった。先生も世を去られたいま、あのときのお顔が忘れられない。

翌年秋、それはまた激しい雨の降る日であったが、私はもう一度伊勢寺をおとずれて、あの老女図と対面した。改めてそれは、まことに気品のある老女であった。

暮の二十日になると、伊勢寺のことが思われる。副住職のお話では、伊勢忌はあまり大勢の集まりではなく、むしろ内輪の方々のお席のような感じであったが、それこそかえって伊勢にはふさわしい。

伊勢寺の伊勢はこののちも、代々そこに語り伝えられてきたままの姿を保って、長くその地に生きつづけてゆくことであろう。私もあれ以来、年末のその日には、伊勢寺のことを思いやりながら、静かに一日を過ごすことにしている。

初出について

「はじめに」
書きおろし
「登場人物たちの周辺」から「後代の受容」まで
「伊勢集小景」（一九九一年六月～九二年一月）
「伊勢集のまわりで」（一九九三年七月～九六年八月）
として、歌誌「長流」に連載。
本書にまとめるにあたって、全体の構成を改め、内容にも部分的な修正と補筆を加えた。

和 歌 索 引

本文中の掲出歌を、五十音順に排列した。

山下　道代（やました・みちよ）

1931年生　鹿児島県立女子専門学校国文科卒業

著　書　『古今集　恋の歌』（筑摩書房，1987年）
『王朝歌人　伊勢』（筑摩書房，1990年）
『歌語りの時代—大和物語の人々—』（筑摩書房，1993年）
『古今集人物人事考』（風間書房，2000年）

共　著　『伊勢集全釈』（私家集全釈叢書16，風間書房，1996年）

『伊勢集《いせしゅう》の風景《ふうけい》』（臨川選書24）

平成十五年十一月三十日　初版発行

著　者　山下道代
発行者　片岡英三
印刷製本　亜細亜印刷株式会社

606-8204　京都市左京区田中下柳町八番地
発行所　株式会社 臨川書店
電話（〇七五）七二一-七一一一
郵便振替　〇一〇七〇-二-八〇〇

落丁本・乱丁本はお取替えいたします
定価はカバーに表示してあります

ISBN 4-653-03919-4 C0395